누벨
바그

누벨
바그

5

박생강
백이원
김경희
강병융
김학찬
김의경
전석순
정진영

소설
목포

아르띠잔

꿈이
머무는
목포

제주에서 시작된 우리 소설의 여정이 도쿄와 뉴욕 그리고 부산을 거쳐 이제 목포에 다다랐습니다. 들쭉날쭉 행선지를 종잡을 수 없지만 또 뭔가 제자리를 찾아가는 듯합니다. 이번 목포 여행을 함께한 작가님들의 수가 좀 더 늘었습니다. 여기 여덟 명의 소설가가 목포를 뮤즈 삼아 각양각색의 이야기를 선보입니다.

박생강 작가의 〈수사연구 기자의 이상한 하루〉는 실제로 잡지 《수사연구》의 기자로도 활동하고 있는 작가가 하루 사이 목포에서 겪은 기이한 경험을 바탕으로 쓰고 있습니다. 백이원 작가의 〈귀향〉은 목포의 대표 가수 이난영이 목포의 대표 노래인 '목포의 눈물'을 레코딩하게 된 과정을 포착했습니다. 김경희 작가의 〈삼색 고양이를 따라가면〉은 어릴 때 아버지와 함께 여행했던 목포를 성인이 되어 다시 방문하여 그 흔적을 찾아 나섭니다. 강병융 작가의 〈긴 코와 미스김라일락〉은 목포로 소개팅을 하러 떠났던 감회를 문학도의 관점으로 써 내려갑니다. 김학찬 작가의 〈구름기㎞〉는 대구에서 온 가족이 목포를 최종 목적지로 여행을 떠난 1998년을 소환하고 있습니다. 김의경 작가의 〈최애의 후배〉는 아이유의 해외 팬을 위해 갑자기 떠나게 된 목포 여정을 따라가고 있습니다. 전석순 작가의 〈두 겹의 웃음〉에서는 문학기행을 준비하면서 목포의 옛 거리를 구석구석 답사하는 인물들을 만날 수 있으며, 정진영 작가의 〈안부〉는 데면데면 헤어졌던 옛 직장 후배를 극적으로 만나는 과정을 섬세하게 그리고 있습니다.

작가들 대부분이 목포에서 직접 겪었던 일들을 농도 깊은 사색으로 풀어내고 있습니다. 개인적으로 목포는 다큐멘터리를 제작하면서 몇 차례 들른 적이 있습니다. 대부분 차로 이동하면서 일만 하다 휭 돌아가기 일쑤였지만 이번에는 아예 작정을 하고 내려왔습니다. 그리고 미로처럼 이어지는 원도심의 길을 걸었습니다. 퇴색한 옛 거리를 걷다가 금방이라도 부서질 것 같은 흙 담벼락과 쏟아질 것 같은 기와지붕을 보고 깜짝 놀랐습니다. 천천히 이 거리를 다시 걸으며 원도심 전체가 과거의 영광과 상처를 고스란히 담은 영화 세트장처럼 우리를 지난 시간으로 안내하고 있다는 생각을 했습니다. 정겨운 사투리로 격하게 반겨주는 목포역을 빠져나와 천천히 이 거리의 골목으로 접어들면 누구라도 지난날의 우리를 만날 수 있습니다.

어쩌다 그를 만난 건지, 카메라를 메고 둘레둘레 골목길을 휘젓고 다니다 부둣가 근처에서 촬영을 하고 있을 때였습니다. 뜨거운 태양을 피해 쉼터의 그늘 밑으로 들어가려는데 라디오 중계로 야구 소식을 가만히 듣고 있던 중년 남자가 무슨 촬영이냐고 물었습니다. 그러더니 묻지도 않았는데 자신도 한때 카메라를 메고 여기저기 돌아다니며 촬영을 하는 것이 꿈이었다고 수줍게 말했습니다. 10년 전 부산을 떠나 목포로 왔다는 그의 얼굴은 짠 바닷바람으로 검게 그을려 있었지만 '꿈'이라는 말을 할 때는 놀랍게도 눈빛이 반짝였습니다. 꿈을 꿔본 사람이라면 알 수 있는 아련한 눈빛이었습니다. 그 꿈들은 지금 전부 어디로 간 걸까요? 그 중년 남자와 인사를 나누고 돌아서는데 갑자기 가슴 한 곳에서 울컥 무언가 밀려들었습니다. 누군가의 꿈을 살고 있다는 생각은 왠지 모를 서러움으로 이어졌습니다. 누구에게나 멈추어버린 꿈들이 있지요. 물론 저도 마찬가지입니다. 끝없이 갈라지고 다시 이어지는 원도심의 골목에서 잠시 길을 잃고 그 멈추어버린 꿈을 생각해봤습니다. 이름 없이 스러져간 수많은 이들의 꿈이 멈춘 도시, 목포.

골목길을 빠져나와 어느덧 유달산에 올랐습니다. 관광객이 잠시 들러 땀을 식히고 가는 정자에서 마실 나온 한 노신사가 아흔이 넘은 당신이 살아오신 시간을 혼잣말로 이야기하고 계셨습니다. 원도심에 늘어가는 빈집, 불 꺼진 상점들과 휑한 거리, 그리고 해외에 나가 살고 있는 자식들의 이야기까지, 누가 듣든 말든 끝없는 사연을 늘어놓으셨습니다. 왠지 목포에서는 누구를 붙잡고 물어보아도 이내 이야기보따리가 풀어질 것만 같습니다. 유달산에서 바라본 끝없이 이어질 것만 같은 케이블카처럼 목포에는 그 수만큼 많은 꿈이 머물고 있다는 생각이 들었습니다. 이루어지지 못한 그 꿈들이 그렇게 거기 매달려서 구름과 함께 천천히 흘러갑니다.

우리는 왜 이야기를 할까요? 역사가 기록하기 이전부터 우리는 이야기를 통해 후대에게 공동체를 이루고 살기 위해 필요한 내용을 전해왔을 겁니다. 수만 년 전 사람들이 우리에게 전하려고 했던 내용은 이 이야기 속에 고스란히 남아 있습니다. 우리는 다시 후대에게 어떤 이야기를 남겨야 할까요? 어느덧 문학을 두고 한편에서는 "소설 쓰고 앉아 있네"라고 폄하하는 시대가 되었지만, 우리는 그 '소설'을 계속 쓰고자

합니다. 지금 우리가 써 내려가는 이야기는 다음 세대에게 가장 적확하게 전달할 수 있는 우리의 모습이 될 테니까요.

2023 목포문학박람회 즈음에 마침 《소설 목포》를 선보이게 되었습니다. 소설에 등장하는 다양한 사람과 또 그만큼 다양한 색깔의 이야기보따리가 풀어질 목포에서 우리 소설은 또 어떤 바람을 일으킬지 긴장이 됩니다. 이곳 목포에서는 수천만 년 전 용암이 굳어져 만들어진 신비한 갓바위에서 수백 년 전 우리 조상들의 삶을 엿볼 수 있는 바다에서 건져 올린 유물을 비롯해 몇 번씩 간판을 바꾸어 달면서도 홀연히 살아남아 우리가 살아온 근대역사와 문화를 고스란히 전해주고 있는 '목포 근대역사문화공간'을 만날 수 있습니다. 부디 이곳에서 시간을 거슬러 우리가 미처 이루지 못한 꿈들, 혹은 잊고 있던 우리의 꿈을 마주하시길 바랍니다.

꿈이 머무는 목포! 시원한 바닷바람이 치달아 올라오는 유달산 정자에 앉아 당신을 기다리겠습니다. 자! 이제 당신의 소중한 꿈을 들려주세요. 목포는 꿈이 머무는 도시이니까요.

2023년 9월 발행인 김병수

차례

수사연구 기자의 이상한 하루

박생강

박생강

2017년 《우리 사우나는 Jtbc 안 봐요》로
세계문학상 우수상을 수상하며 본격적
인 작품 활동을 시작했다. 장편소설 《에
어비앤비의 청소부》《나의 아메리카 생
존기》《빙고선비》, 짧은 소설집 《치킨으
로 귀신 잡는 법》 등을 출간했다. 엔터
미디어 〈소설가 박생강의 옆구리TV〉를
통해 대중문화 칼럼니스트로도 활동하
고 있다.

나는 경찰전문지 《수사연구》의 프리랜서 기자로 전국의 경찰서를 다니는데, 가끔 기억에 남는 도시에서는 기념처럼 사진을 찍는다.

　목포는 태어나서 처음이었다. 기념사진을 찍을 만했다. 취재 약속은 12시 40분. 목포역에는 12시가 넘어서 도착했다. 나는 기차에서 내리자마자 서둘러 주머니에서 휴대폰을 꺼냈다.

　휴대폰을 높이 치켜들고 턱을 아래로 내렸다. 햇빛 때문에 눈을 크게 뜨기도 힘들었다. 아무리 웃어도 사진 속 표정이 마음에 들지 않았다. 귀여운 '찐따' 정도만 되어도 SNS에 올릴 수 있을 텐데 그런 느낌조차 아니었다. 일단 무난하게 나온 걸로 두 장 정도를 저장했다. 그때 누군가 내 어깨를 툭툭 쳤다.

"어, 박생강 선생님? 셀카 찍고 계시네요."

덩치가 큰 데다 키도 커서 웃지 않으면 좀 무서워 보이는 사내였다.

"아…… 제가 목포는 처음이라서요."

나는 덩치 큰 사내의 정체를 파악하는 데 15초 정도 걸린 듯했다. 그는 오랜만에 고향에 내려온 목포의 건달은 아니었다. 친근하게 웃는 그가 이상하게 낯설었다.

사실 목포역에서 만난 사람은 문학인이라면 누구나 알고 있을 법한 한국문화예술위원회의 정대훈 문학지원부장님이었다. 내가 등단한 해인 2005년부터 봤으니 한국문학과는 떼려야 뗄 수 없는 사이였다. 하지만 뜬금없이 목포에서 이분을 만나게 될 줄은 몰랐다.《수사연구》기자로 일하고 있을 때 소설과 관련된 사람을 만난 건 처음이었다. 취재처의 형사님이 자신의 '부캐'는 카카오에 웹소설을 연재하는 추리소설가라고 나직하게 말한 적은 있었다. 연쇄살인범에 대해서는 누구보다 잘 쓸 수 있죠, 이런 식으로. 그리고 정대훈 선생님과 목포역에서 만났을 때 나의 '본캐'는 수사전문지의 기자였다.

나는 정대훈 선생님과 함께 중년 남자들이 오랜만에 만났을 때 느끼는 반가움과 어색함이 섞인 바쁜 걸음으로 목포역을 빠져나왔다. 정대훈 선생님과의 인연은 좀 특별했다. 작가 인생 거의 20년 동안 문학과 관계없는 장소에서 만난 게 벌써 두 번째였다. 2005년 등단한 지 얼마 안 되어서 선생님에게 청소년 백일장 예심을 맡아달라는 메일을 받았다. 그게 작가로서 내 첫 대외활동이었다. 선생님과 직접 대면한 건 그로부터 2년 정도 시간이 흐른 뒤였다. 정부에서 무슨 지원금을 준다고 해서 파주 세무서에 들어가 줄을 서 있을 때였다. 갑자기 누가 내 어깨를 툭툭 쳤다.

"어, 박진규 선생님? 여기 계시네요."

그때 나는 필명이 아닌 본명으로 소설을 쓰고 있을 때였다.

알고 보니 정대훈 선생님은 파주에서 살고 있었다. 그리고 나는 그때 이런 질문을 했다.

"이 돈 안 받으면 잡혀가나요?"

가끔씩 나는 낯선 상황에서 타인과 만나면 뇌정지가 왔다. 그러면 나도 모르게 엉뚱한 말을 내뱉곤 했다. 술김이 아니라 맨정신인데 그랬다. 사실 나는 알코올이 받지 않는 체질이었다. 연말 문단의 술자리에서 술을 먹으면 바로 몸이 굳었다. 아예 목소리도 잘 나오지 않았다. 한번은 내 소설을 등단작으로 뽑아준 문학평론가 선생님과 마주 앉아 있다가 이런 말을 했다.

"아, 너무 어색해요."

평론가 선생님이 맥주잔을 들며 말했다.

"사실 나도 그래. 그럴 때는 그냥 달밤에 체조한다고 생각하지."

그 후 나는 어색하고 술도 못 마셔서 도망쳤지만, 그래도 가끔 원고를 써달라는 곳이 있어서 꾸준히 뭔가를 쓰고 있다.

나주에 자리한 한국문화예술위원회에서 내려온 정대훈 선생님은 문학사업 관련 일로 목포시청과 약속이 잡혀 있다고 했다. 나는 《수사연구》 취재차 파출소를 탐방하기 위해 목포 남항해양파출소 담당자와 취재약속을 잡아놓은 상황이었다.

정대훈 선생님이 손목시계를 보더니 말했다.

"그래도 15분쯤 여유가 있으니까…… 김밥 먹죠."

여유라고 부르기엔 촉박한 시간이었지만 밥은 먹어야 했다. 그게 내 철칙이었다. 나름 자유로운 프리랜서인데 굶으면서까지 일을 할 생각은 없었다.

우린 목포역 주변에서 서둘러 김밥집을 찾았다. 2분 정도 후 작은 김밥집에서 거의 1분 만에 나온 김밥을 마주하고 앉았다. 오랜만에 만나 서둘러 김밥만 먹다 헤어지기엔 또 좀 그랬다. 휴대폰을 슬쩍 보니 아직 12분 정도의 여유가 남아 있었다.

"선생님, 앞니는 왜……?"

처음 만났을 때 정대훈 선생님을 금방 알아보지 못한 게 앞니 때문이기도 했다. 선생님의 앞니 하나가 비어 있었다. 목포역에서 나는 내 앞에 있는 사람이 어젯밤 목포 신시가지에서 패싸움을 한 정대훈 선생님을 닮은 건달인가, 라고 잠시 생각했다. 다른 때 같았으면 물어볼지 말지 고민을 했을지도 모른다. 지금은 김밥만 먹고 헤어져야 해서 고민할 여유가 없었다.

"이거 술 먹다가 붙인 게 떨어졌는데 잃어버렸어요, 조금 더 기다려보려고요. 이게 뭐 급한 건 아니니까. 어쩌다 보니 1년 정도 지난 거 같네요. 생각해보니 앞니를 잃어버린 곳도 목포네요."

"아…… 1년. 그리고 목포."

"선생님은 요즘도 이태원에서 에어비앤비 운영하세요?"

"아…… 문 닫았죠. 코로나 심각해지자마자."

나는 그렇게 말하고 김밥을 입에 넣었다.

이제 어떻게 말을 이어가야 하나, 친하다고 생각하지만 평소 자주 보지는 않아서 어색한 공기가 흐르는 상황에서. 나는 선생님 만나서 엄청 반가운데 뭔가 티를 내기도 애매하고.

나의 머릿속에서 뇌정지가 일어나기 전에 정대훈 선생님이 먼저 말문을 열었다.

"저 선생님 소설 읽고 재밌어서, 서울로 출장 갈 때마다 에

어비앤비 자주 이용합니다. 소설에서처럼 아무도 모르는 빈 집에 혼자 있으면 서울에 여행 온 것 같고 기분 좋더라고요."

나는 다른 사람들이 내 소설이 재미있다고 말하는 걸 다 믿지는 않는다. 그건 뭐 바나나는 맛있어 같은 인사치레 같은 거라……. 하지만 정대훈 선생님이 하는 말이니까, 이상하게 신뢰가 갔다.

나는 감사합니다, 라고 말하는 대신 김밥을 꿀꺽 삼켰다. 그때 나와 나를 둘러싼, 마치 김과 밥 사이의 눈에 보이지 않는 막 같은 게 벗겨지는 기분이 들었다.

나는 기자로 일할 때는 일부러 소설가의 자세를 취하지 않았다. 소설가로서 내 모습은 보통 멍하니 앉아서 뭔가를 생각하다 히죽 웃거나, 아니면 모니터를 바라보면서 손가락으로 넋 놓고 타자를 치는 게 전부였다. 딱히 남들에게 보여주고 싶은 풍경은 아니었다. 인터뷰 현장에서는 그럴 수 없었다. 그때는 뭔가 이 시대 대한민국 범죄의 모든 진실을 아는 총명한 기자의 액션을 취해줘야 했다. 하지만 목포역에서 정대훈 선생님을 만났더니 그날 하루는 뭔가 소설을 위해 시간을 조금 양보해야 하나 싶은 마음이 들었던 게 사실이다.

더구나 목포는 처음이었다. 대전에 가건 광주에 가건 부산에 가건 나는 취재가 끝나면 서둘러 기차역으로 달려갔다. 지금은 일간지 기자로 일하는 《수사연구》의 전 기자는 아무리

끔찍한 살인사건을 취재해도 일이 끝나면 꼭 그 도시의 맛집을 찾는 게 루틴이었다. 《수사연구》의 전 편집장님은 멀리 있는 낯선 도시로 취재를 가면 그날 하루는 최소 삼성급 호텔에서 묵었다. 그러면 인생이 반복이 아니라 여행 같다는 행복한 착각이 든다고 했다. 지금 《수사연구》의 편집장인 양수연 편집장님의 버릇은 아직 모르겠다. 함께 일한 지 이제 두 달 차라 편집장님과는 아직 어색했다. 게다가 내가 매일 출근하는 것도 아니었다. 한때 수사연구를 줄여서 '수연'이라 했기에 양수연 편집장님이 '본 투 더 수사연구 기자'라고 불렸다는 말을 들은 정도가 전부다. 편집장님은 2천 년대 초반부터 10년간 《수사연구》에서 근무했다. 그때는 특이하게 편집장은 물론 기자 두 명까지 모두 다 여성이었다고 한다. 양수연 편집장님은 편집장 승진이 멀지 않은 시점에서 출산과 함께 일을 그만두었다. 이후 10년이 넘는 세월이 흐른 후에 《수사연구》 편집장 모집에 다시 원서를 냈고 나와 함께 다시 일을 시작하게 됐다.

김밥타임이 끝난 후에 정대훈 선생님과 나는 서둘러 택시를 잡았다.

"작가님, 취재 끝나고 바로 올라가나요?"

"아직 모르겠어요."

정대훈 선생님이 먼저 차에 올라타며 말했다.

"작가님, 오늘 주무시고 가실 거면 달 보세요. 목포는 달이에요."

정대훈 선생님이 떠난 후 나도 택시를 잡아타고 남항으로 향했다.

'달, 목포는 달이라고? 유달산에서 보는 보름달이 아름답다는 건가?'

남항해양파출소는 목포역에서 그렇게 멀리 떨어져 있지 않았다. 오거리 구도심을 슥 가로질러 가니 바로 항구였다. 택시 안에서 재채기 세 번 정도 연달아 하면 바로 항구에 도착할 정도의 거리였다. 물론 나는 실제로 재채기를 해보지는 않았다. 목포의 달이 다른 도시의 달과 얼마나 다를지 생각했을 뿐.

취재현장에 도착한 나는 일단 파출소 사진을 한 장 찍었다. 《수사연구》 파출소 탐방에는 파출소 전경 사진이 꼭 한 장은 들어간다. 찰칵, 작은 파출소 뒤에 남해의 바다가 펼쳐지는 멋진 그림이 나오지는 않았다. 그래도 이 정도면 쓸 만했다. 파출소 탐방은 《수사연구》에서 그나마 행복한 사진이 들어가는 꼭지였다. 작은 파출소, 웃고 있는 경찰관들, 젊은 경찰의 파이팅 넘치는 포즈. 이에 반해 사건 기사에는 종종 수위가 높은 사진이 들어갔다.

양수연 편집장님이 기자로 일하던 시절 《수사연구》 사건 기사에는 여러 구의 사체 사진이 들어갔다. 사건기사 중 살인이 많았을뿐더러 과학수사 소개 중심의 잡지였다. 그때 나온 잡지를 읽어보면 손으로 넘기는 페이지에서 핏물이 배어 나오는 것 같았다. 당연히 서점에도 깔리지 않고 형사들과 경찰들만 공유할 수 있는 탑 비밀 수사사료 같은 책이었나. 그 점은 지금도 마찬가지지만 이제는 함부로 사체 사진을 싣지 못한다. 게다가 과거에는 강도, 살인이 사건기사의 중심이었다면 지금은 사이버범죄 쪽이다. 그렇기에 요즘 사건 기사에는 범죄자들끼리 주고받은 텔레그램 메시지나, 사기꾼과 피해자 사이의 카톡 메시지 같은 것들이 주로 들어간다. 그러니 피는 보이지 않지만 피도 눈물도 없는 놈들의 메시지나 피를 말리는 메시지를 볼 수 있다.

보통 나도 사건 기사를 취재하러 갈 때면 신경을 곤두세웠다. 《수사연구》의 취재란 기자와 형사가 함께 범죄의 길을 되짚어보는 식이었다. 형사와 마주 앉아 그가 사건에 대해 많은 것들을 말할 수 있게 친절한 미소를 지으면서 계속 질문을 던졌다. 동시에 형사가 말하는 사건의 플롯을 머릿속으로 재구성하면서 다음 질문을 고민했다. 그에 반해 파출소 탐방은 나에게는 하루의 휴가 같은 꼭지였다. 게다가 처음 와본 목포는 도심이 바다와 가까워서인지 왠지 나를 더 흐물흐물하게 만들었다.

　나는 호주머니에 손을 넣고 파출소 주변을 어슬렁댔다. 맛집에는 관심 없지만 나는 취재를 나가면 경찰서나 파출소로 들어가기 전에 종종 그 주변을 어슬렁거리곤 한다. 그것이 기자로서 소소한 취미였다. 파출소에서 몇 걸음 걸어가니 국제여객선터미널이었다. 배를 타면 제주도까지 갈 수 있다지만 아쉽게도 《수사연구》 기자 모드로 돌아가야 할 시간이었다. 사실 몇 걸음만 더 걸어가면 넓은 바다가 펼쳐질 것 같았으나 그러기엔 약속 시간이 촉박했다.

　남항해양파출소의 해양경찰들은 어부나 식당 주인, 관광객이 아닌 기자의 등장에 조금 어색해 하는 눈치였다. 나는 기자 모드로 돌아가 파출소 경찰들을 독려했다.

　"자, 아시죠! 경찰이면 누구나 아는 파이팅 자세. 한번 가보죠!"

　단체사진 몇 컷을 찍으면서 분위기를 편안하게 해준 다음 곧바로 순찰팀장님 인터뷰에 들어갔다.

　순찰팀장님은 남항파출소의 주요 관할 구역인 목포 주변 항구에 대해 설명했다. 일단 나는 목포 동명항의 길이가 1킬로미터에 이른다는 데 놀랐다.

　'1킬로나 되는 항구를 따라 바다를 계속 보면서 걸으면 어

떤 기분일까?'

순찰팀장님은 긴 항구에 맞춰 신속한 신고 대응을 위해 취약 항·포구 위치표시제를 추진한다고 열심히 설명했다.

박진규 기자는 그 설명에 집중하면서 앞으로의 대책에 대한 다음 질문을 생각했다. 하지만 소설가인 나는 그냥 항구를 걷는 중이었다. 기사의 좌뇌와 소설가의 우뇌가 각기 다르게 작동했다. 항구를 걷고 있는데 물에 빠진 뭔가가 뭍으로 올라온다. 항구가 기니까 괴물도 그에 맞춰서 길어야 좋지 않을까. 다리는 열여덟 개, 허리는 길고, 갑각류에 어울리는 눈알과 입에서 뚝뚝 흘러내리는 핏물…… 아니면 다리 하나가 1킬로미터인 낙지 괴물 같은 걸로 할까?

"아, 맞아요. 기자님, 가끔 괴물 신고도 들어옵니다."

나는 퍼뜩 다시 정신을 차렸다.

'내가 지금 무슨 말을 들은 거지?'

"뭐라고요?"

"기자님이 방금 물으셨잖아요. 괴물 신고도 들어오느냐고."

나도 모르게 생각이 혀로 흘러내린 모양이었다.

"아, 농담이었습니다."

"진짜 들어와요, 괴물 신고."

"아, 그래요. 그럼 죠스 같은 건가요? 아니면 다리가 1킬로미터쯤 되는 낙지?"

나는 실수로 내뱉은 말을 농담인 척 둘러대려 애썼다. 하지만 나와 달리 순찰팀장님은 진지했다.

"저희한테도 가끔은 들어오는데 주로 육경 쪽 파출소나 지구대로 들어와요. 바다에서 들리는 소리는 아니거든요. 근데 저도 그 소리를 들은 적이 있죠. 저기 목포 근대거리 쪽에서 가끔 괴상한 괴물 울음 같은 게 들리거든요. 뱃고동 소리 같기도 한데, 자세히 들어보면 소름 끼치는 괴물 울음소리라는 거죠."

"소름 끼치는?"

"네, 너무 울어가지고 목이 쉰 처녀귀신 울음소리 같대요. 누가 그런 말을 하면서 신고했는데 그 표현이 기억에 남아가지고 아직도 기억하고 있네요."

그때 인터뷰하는 장소로 젊은 순경이 들어왔다. 팀장님 다음 순서로 인터뷰할 남항해양파출소의 막내였다.

"너도 그 소리 들었다고 그랬지?"

"무슨 소리요?"

그때 순찰팀장님이 내게 고개를 끄덕이고는, 그르르르릉, 뱃고동보다 조금 낮은 소리를 냈다.

"아, 달이요."

달달 무슨 달?

수사연구 기자의 이상한 하루

나와 순찰팀장님은 동시에 막내 순경을 쳐다보았다.

"그거 우리 할머니가 그러는데 그 괴물 이름이 달이래요. 목포에만 있는 괴물이라고."

나는 순찰팀장님을 바라보며 말했다.

"자, 일단 팀장님. 남항파출소 소개는 이쯤에서 마무리하죠."

이후 이어진 젊은 순경과의 인터뷰 절반도 목포의 달에 대한 것이었다.

젊은 순경은 완도 출신이었다. 그리고 젊은 순경의 할머니의 할머니는 목포에 살았다고 했다. 그때 목포에는 특별한 복권이 있었다고 했다.

"특별한 복권이요? 괴물이 아니라?"

"아, 둘 다 있었습니다."

젊은 순경이 차분하게 대답했다.

목포에 만인계가 들어온 것은 20세기 초반이었는데 목포가 막 개항도시로 성장하던 시기였다. 당시 목포의 일본인 거주지는 화려했지만 조선인 거주지는 환경이 열악했다고 한다. 도로 건설 등 환경개선 자금을 마련하기 위해 만인계라는 복권이 널리 팔렸다고. 5냥에 복권 한 장을 사서 1등을 하면 자그마치 3천 냥이니 어마어마했다. 사람들은 만인계 추첨이 열리는 곳을 만복동 고개라고 불렀다. 젊은 순경의 할머니는 어린 시절 할머니의 손을 잡고 복권 당첨 추첨 구경을 가곤 했다는 것이었다.

"할머니가 그러는데 그때도 1등은 아무나 되는 건 아니었대요."

"그건 그렇겠죠."

"달이 도와줘야 한다고."

나는 문득 여인들이 정한수를 떠놓고 보름달이 뜨는 밤에 절을 하며 두 손을 싹싹 비는 사극에서 본 장면이 떠올랐다.

하지만 젊은 순경이 말하는 달은 그런 달이 아니었다. 오히려 달도 별도 뜨지 않은 캄캄한 그믐밤에 가까운 괴물이었다. 스멀스멀 빛이 사라지고 어두워지면 어디선가 그 달의 울음이 들려온다. 뱃고동 소리 같기도 하고, 짐승의 울음 같기도 하고, 목 쉰 처녀귀신의 울음 같기도 한. 하여간에 그 시절 사람들은 괴물의 이름을 달이라고 했다. 어딘가 쉰 목소리로 달이 다알, 다알, 이렇게 부르는 것 같다고. 그 소리에 홀려 어딘가로 걷다 보면 캄캄한 어둠 속에 갇혀버린다고 했다. 그때 달이 속삭이는 소리를 들으며 달에 홀린 이는 어딘가로 하염없이 걷다 정신을 차리면 어느새 복권 추첨 장소인 만복동 고개라는 것이었다.

"할머니가 그러는데 1등을 한 사람들은 다 달의 울음을 들었대요. 자기도 모르게 만복동에 와 있더라는 거였죠. 그래서 다들 복권을 샀다고."

"에이, 그거 원래 복권 자주 사는 사람은 뭐 다들 그런 핑계가 있죠."

말은 그렇게 했지만 나는 달이 궁금해졌다. 하지만 서둘러 기자 모드로 돌아가 젊은 순경에게 말을 건넸다.

"바다에 오래 잠수해 있으면 어떤 기분인가요?"

"그냥 귀가 먹먹하죠. 수압 때문에."

"달에 휩싸이면 그런 기분일까요?"

젊은 순경이 뒤통수를 긁었다.

"달에 휩싸였으면 할머니의 할머니가 복권 1등에 당첨됐겠죠."

우리 둘은 하하 웃으며 달의 이야기를 끝냈다.

내가 젊은 순경과 진짜 인터뷰를 끝내고 자리에서 일어나려는 순간 그가 한마디를 더했다. 달에 대해 할머니에게 들은 게 더 있다면서.

"아, 할머니가 그러는데 복권 말고 다른 걸 빈 사람도 있대요. 사람마다 그 순간에 간절한 건 다 다르니까. 하여간에 달은 그 소원을 들어주는 대신 한 가지를 빼앗아 가겠다고 한대요. 중요하거나, 하찮거나, 불필요하거나 하여간에 복불복. 그래서 복권 당첨자 중에 아이를 잃은 사람도 있고, 또 어떤 사람은 눈이 멀기도 했대요. 하지만 그냥 지독한 설사병이 치료

되거나, 볼에 있던 사마귀가 사라진 사람도 있고요."

"진짜 복불복이네요."

나는 문득 목포에서 달을 보라던 정대훈 선생님의 그 앞니가 떠올랐다.

목포 남항파출소 탐방이 끝난 후에 나는 그곳에서 멀지 않은 근대문화 거리로 갔다. 20세기 초반에 번성한 개항도시의 신작로는 2023년의 방식으로 여전히 잘 정비되어 있었다. 그 정비된 도로 주변에 지난 시절의 과거를 간직한 건물이 늘어서 있었다. 눈을 돌릴 때마다 지난 시대가 내 목덜미를 잡아끄는 것 같은 착각이 들었다. 나는 낯선 양식의 적산가옥과 당시에는 고층으로 느껴졌을 근대건축물을 바라보며 걷다 걸음을 멈췄다.

"까먹었다. 수사연구 취재의 중요한 일정."

나는 주머니에서 휴대폰을 꺼내 양수연 편집장님에게 전화를 걸었다. 《수사연구》의 오랜 전통은 취재가 끝나면 편집장에게 전화를 걸어 당일 취재 사건에 대해 보고하는 것이다. 수사팀의 팀장에게 보고하는 식으로. 그 사건의 흥미로운 점이라거나, 그 사건이 몰고 올 사회적 파장 같은 것들. 특별한 게 없을 때면 그 경찰서 주변의 밥집 정보 같은 거라도 보고했다.

"박기자님, 취재는 잘 마무리하셨어요?"

양수연 편집장님의 목소리는 약간 쉬어 있었다.

"잘 끝났습니다. 파출소 탐방이라 특별한 사건에 대한 이슈는 없었고요. 이곳에서 관리하는 항구 주변을 오가는 배가 워낙 많아서 선박사고나 이런 것들에 신경을 많이 쓰는 편이라네요. 또 여름부터 갈치낚시 축제가 있어서……."

그때 나는 근대문화 거리를 따라 구 일본영사관, 현재는 근대역사관 건물 쪽으로 걸어가고 있었다. 제법 가파른 계단을 오르면 나무숲에 둘러싸인 그 붉은 건물이 있었다. 사진으로 찍으면 판타지 속의 마법학교처럼 보일 것도 같았다. 실제로 드라마 〈호텔 델루나〉의 배경지로 유명해진 곳이기도 했다. 그런데 전화통화를 하면서 내가 계단에 발을 내딛는 사이 뱃고동보다 낮고 어딘가 목이 쉰 울음 같은 것이 들리는 듯했다. 하지만 이내 그 소리는 사라졌다. 다만 내내 맑았던 하늘이 어느새 검은 구름으로 둘러싸여 있었다.

"박기자님, 지금 목포죠? 좀 둘러보다 오세요. 목포는 혼자 걸어도 추억이 남아요. 둘이나 셋이 걸어도 추억이 남지만. 지금은 혼자일 테니."

"편집장님, 혹시 고향이 이쪽이세요?"

나는 편집장님과 좀 어색한 거리를 가깝게 당겨볼 겸 말을 붙였다.

"아니요, 근데 제가 취재 간 곳 중에 가장 기억에 남는 게 목포네요."

양수연 편집장님은 이어서 목포의 추억에 대해 말했다.

"목포에서 《수사연구》 기자 셋이 뭉친 적이 있어요. 그때가 2005년 여름이었나…… 편집장인 민해 언니는 경상도 남해에, 저는 목포에, 선배 기자인 진희 언니는 광주 쪽으로 취재가 이삼 일 간격으로 잡혔어요. 그래서 제가 목포로 3일 정도 휴가를 잡아서 거기서 움직이자고 했죠. 그때는 제가 양수연이 아니라 '양아치 수연'으로 불릴 때라 노는 건 또 엄청 좋아해가지고…… 하여간에 그날의 추억이 참 기억에 남아요. 우리끼리 바닷가 거닐면서 놀고. 그럴 일이 그 후에도 그전에도 없었으니까."

"그랬겠네요."

"그때 한국에서 가장 살벌한 잡지인 《수사연구》에 여기자만 셋이라며, 나중에 우리를 주인공으로 드라마 한 편 쓰자고 했던 기억도 나네요. 목포항 횟집에서 도원결의했어요. 진희 언니가 꿈이 드라마작가였는데 경제적인 이유로 잠깐 《수사연구》에 취직했었죠."

나는 두 달 만에 편집장님과 가까워진 기분이었다. 낯선 도시 목포가 아직 낯선 두 사람 사이에 들어온 것이다.

"다들 어쩌다가 《수사연구》로 들어온 작가들이 많죠. 전 편집장님은 원래 동화작가셨다고 하고. 저도 소설가지만 범죄물에는 전혀 관심 없는 사람이었죠. 편집장님은 어떠셨어요?"

"저는…… 처음에 취업했던 《런치박스》가 폐간하는 바람에 《수사연구》로 흘러왔죠."

"원래는 요리잡지 기자셨어요?"

"아니, 《런치박스》는 요리잡지는 아니고요. 그때 유행하던 청소년 대상 문화잡지였는데, 뭐 당시로는 쇼킹했죠. 동성애, 테크노, 클럽 문화, 펑크족, 동거 뭐 이런 이슈들도 다루고. 생각해보니 《런치박스》도 청소년 잡지였는데 다른 식으로 살벌하긴 했네."

잠시 양수연 편집장님의 웃음소리가 들려왔다.

"저는 사실 미스터리를 좋아해서. 미스터리 이슈를 《런치박스》에서 다뤄보고 싶어서 기획안도 쓰고 있었는데, 아쉽게도 제가 들어갈 때 이미 폐간의 먹구름이 드리워진 잡지였죠."

"수사연구도 미스터리한 잡시긴 하잖아요. 80년대 초반에 창간했는데 아직도 안 망하고 살아 있고. 그런데 형사들하고 방송국 사람들, 추리소설가 말고는 대한민국에서 아무도 모르고요."

잠시 수화기 너머로 정적이 흘렀다.

《수사연구》의 미스터리가 제가 좋아하는 종류의 미스터리는 아닌 듯하네요. 전 살아 있는 시체나 떠도는 영혼, 외계인 종류를 더 좋아합니다. 지금은 초등학생 제 아들이 더 미스터리하다고 생각하지요. 아, 맞다."

갑자기 편집장님이 뭔가가 떠오른 듯했다.

"그때 목포에서 수사연구 기자 셋이 함께 술을 마시다가 이상한 소리를 들었어요. 한 기자는 뱃고동 소리라고 했고, 다른 한 명은 취객의 고성방가라고 했는데, 전 좀 달랐어요. 진짜 미스터리한 소리였죠. 그리고 우리 셋 다 필름이 끊긴 건 아니었는데 정신을 차려보니 구시가지에 있는 어떤 언덕 위에 있더라고요. 어떻게 거기까지 걸어갔는지 모르겠어요. 굉장히 먼 거리였는데…… 우리가 축지법이라도 썼나?"

그때 나는 다시 한번 괴물 달의 울음소리를 들었다.

"편집장님, 그거 괴물 울음소리예요. 괴물 이름은 달이죠. 목포에서는 유명한 괴물이래요."

나는 일부러 빼놓았던 목포의 달에 대한 이야기를 편집장님께 들려주었다.

"아, 이건 제가 《수사연구》에서 일하면서 들은 가장 미스터리한 이슈네요. 제가 다시 달을 만난다면 다음 달 《수사연구》를 《미스터리 연구》로 바뀌게 해달라고 하겠습니다. 아니다. 사실 진짜 소원은 따로 있죠."

그때 내 머리 위로 빗물이 떨어졌다고 생각했는데 아니었다. 그건 흐릿한 회색의 침, 달이 먹잇감을 발견했을 때 흘리는 침이었다. 인간 세계에 검은 행운을 전해주고, 인간의 운명에서 무언가를 훔쳐 가는 달이 흘리는 흐린 침.

그날 편집장님과 전화통화를 끝낸 후에 나는 달의 울음소리를 따라 목포 근대문화 거리를 계속 걸었다. 그리고 그날 밤에 나는 숨을 헐떡이며 만복동 고개에 앉아 있었다.

자, 여기까지…….

내가 본 것을 여기다 모두 옮겨 적지는 않을 생각이다. 언젠가 내가 발표할 자전소설에 대한 스포를 공개할 생각은 없기 때문에. 다만 당시 내 소원이 복권 당첨은 아니었는데, 어쨌거나 몇 달 안에 이뤄졌다. 그것 역시 여기다 적지는 않을 것이다. 사람들이 혹시 오해할 가능성이 있기 때문에. 다만 목포의 달이 아직 내게서 무언가를 훔쳐 갔는지는 알 수 없다. 약간은 무섭고 또 조금은 기대된다. 역시나 그것은 복불복.

다만 한 가지 정보 정도는 여러분에게 알려드리겠다. 나는 얼마 전 목포의 달에 대한 정보를 우연히 목포 출신 시인에게 들었다. 그 달이 데려가는 곳은 만복동이지만 처음 흘리는 달의 울음소리가 들리는 곳은 목포에서 몇 군데가 있다고 했다. 그곳이 어디인지에 대해 나는 들었지만 그 역시 여기다 적지

는 않을 것이다. 운이 좋으면 목포의 거리를 걷다 우연히 당
신이 달의 울음을 듣기를 바랄 뿐.

귀
향

백
이
원

백이원

2009년 계간 《실천문학》에 단편소설을
처음 발표했다. 《문장웹진》과 《소설 부
산》에 단편소설을, 《이미지와 상상의 동
해포구사》에 인문 에세이를 실었다.

그 아이를 조금 더 기다려보기로 한 건 순전히 음악 때문
이었다.

　그만 일어서려고 의자를 반쯤 뒤로 밀어냈을 때 음악이
바뀌었다. 재즈였다. 여자가 좋아하는 장르다. 적성국에서 넘
어왔다는 이유로 두어 해 전부터 방송도, 녹음도 금지당했지
만 동경의 밤은 이따금 이렇게 재즈 선율로 엷게 진동했다.
여자는 녹색 양장 스커트 아래로 나와 있는 하얀 발목을 까딱
이며 반쯤 식어버린 커피를 마셨다. 뽀얗게 번들거리던 상아
색 찻잔은 어느새 커피와 립스틱 자국으로 검붉게 얼룩져 있
었다. 일본식 다방 킷사텐(喫茶店, きっさてん), 그것도 동경 긴자

거리에 있는 이곳에 과연 그 애가 나타날까? 뭐, 안 나오면 그 만이라지. 여자는 담배 한 개비를 꺼내 물었다.

후우…….
여자가 뱉어낸 한 모금의 담배 연기가 킷사텐의 노란 백 열등 사이로 어지럽게 흩어졌다.

제발 우리 애 좀 찾아줘.
라고, 양동 아주머니가 말했다.

동경으로 떠나기 전 여자를 불러 세운 건 양동에서 올라 온 어른들이었다. 갈라지고 쉰 목소리, 붉게 물든 눈두덩, 마 른 침을 덧바르다 터버린 허연 입술과 땟국 가득한 저고리 앞 섶. 여자는 모처럼 만난 아주머니의 얼굴을 찬찬히 살펴보다 이내 눈을 질끈 감았다. 아저씨는 이미 내다 버린 딸년이라고 화를 내면서도 그러기에 계집을 학교에 왜 보냈느냐, 괜히 가 서 쓰잘데기없는 것만 배우게 했다, 하여간 무슨 수를 써서라 도 애를 찾아와야,

한다고.
그러게, 하여간 무슨 수로 당신께서 버린 딸년을 나보고

찾아달란 것인가. 어릴 적부터 알고 지낸 어른들이라지만 두 사람의 부탁은 아무래도 여자의 능력 밖이었다. 동경은 너무 큰 도시였다. 혹여 그 일이 가능하다고 하더라도 그 아이로 인해 지금껏 쌓아 올린 커리어에 문제가 생긴다면.

후우……

그렇게는 안 돼. 안 될 일이지. 여자는 고개를 저으며 목이 길어진 담뱃재를 톡톡 털어냈다. 재떨이는 바닥을 검푸른 색으로 물들인 납작한 접시 모양이었다. 푸른 바닥에 점점이 찍혀 있는 꽃무늬가 회백색 안개에 잠기듯 재에 덮여 사라졌다.

여자는 물질만 배우면 그만이다.
어머니가 말씀하셨다.

어머니가 보따리의 매듭을 단단히 묶어뒀던 밤, 아직 어린애였던 여자가 할 수 있는 일은 아침을 기다리는 일이었다. 발꿈치를 힘껏 들어 밤새 창틀에 턱을 얹어놓는 일. 일단 그 것이 할 수 있는 일의 전부였기에 최선을 다했다. 얼마나 최선을 다했는지 턱 밑으로 푸르스름한 멍이 번져가는 줄도 몰랐다. 제 턱의 사정처럼 유달산 능선에 쪽빛이 번져갈 때 어린 여자는 한달음에 집 밖으로 달려 나갔다. 아침노을을 기다린 것이다. 아침노을이 지면 비가 왔다. 다도해를 앞마당 삼아 자란 덕에 그쯤은 쉬이 알고 있었다. 그러니까 아침노을이 지면 비가 내릴 것이고, 비가 내리면 배가 뜨지 않을 것이고, 배가 뜨지 않으면 어머니가 가지 못 하실 테지. 아이가 내달리고 내달리는 사이, 환하게 동이 텄다. 근래에 좀처럼 볼 수 없던, 무심할 정도로 쾌청한 아침이었다.

여자는 물질만 배우면 그만이다.

그 한마디를 남기고 어머니는 양동을 떠났다. 목포 유달산 북쪽 마을 양동, 이곳이 여자의 고향이었다. 해안과 맞붙어 있는 남쪽은 일본인들이, 산 너머 북쪽은 조선인들이 모여 살았다. 어린아이였던 여자는 어머니가 떠나고도 유달산 능선에 자주 올랐다. 그곳에서 특별히 할 일이 있었던 것은 아니다. 학교를 그만두게 되면서 빈 시간이 많았고 집에 틀어박혀 있는 것도, 동네를 어슬렁대다 동네 어른들의 눈에 띄는 것도 싫었다. 그저 호젓하게 산에 올라 바다에 점점이 떠 있는 섬들을 굽어보다가, 그것들의 개수를 세어보다가, 저 사이를 헤치고 돌아올, 돈을 많이 벌어 돌아올 어머니를 기다리는 것이 놀이라면 놀이였다.

여자의 집은 마을에서 가난하기로 유명했고, 여자와 그의 형제들은 아무도 학교를 끝까지 다니지 못했다. 소학교를 그만두고 울며불며 찾아간 어머니는 제주에 있었다. 어머니는 딸을 학교로 돌려보내는 대신 물질을 가르쳤다. 숨을 가득 들이마시는 법, 호흡을 나눠 쓰는 법, 소리로 숨을 내쉬는 법 같은 것들. 배움의 끝이 물 밑에 있는 것마냥 어머니는 딸에게 몹시 혹독하게 굴었다.

그래서 나는 거기로 가서 더 배워볼 참이야.

언제였던가. 둘이서 양동 아주머니의 심부름을 하러 가던 길이었던가. 아마도 부두에서 일하는 아저씨에게 자잘한 집안 소식을 전하는 일이었겠지. 그러나 어째서 그 아이가 정명여학교에 진학하겠다고 했는지는 기억나지 않는다. 다만 앞코가 해진 신발을 비탈길에서 부러 뜯어냈던 것, 돌아오는 길에 그 신을 더는 신을 수 없어 절뚝거렸던 것들만이 선명히 남아 있다.

그 아이는 여자보다 세 살 어렸지만 가장 친한 학급 친구이자 한마을에 살던 동네 친구였다. 갑자기 떠난 어머니를 대신해 여자를 살뜰히 보살펴준 이도 그 아이의 부모, 양동 아주머니와 아저씨였다. 그 어른들의 보살핌에 대한 고마움이 없는 것은 아니었으나 염치가 커질수록 어쩐지 그 아이에 대한 반감도 함께 커져갔다. 홧김에, 라고 하기엔 앞으로 양동에서 살아갈 다른 방도가 없던 탓이 더 컸지만 어쨌든 홧김에, 여자는 제주행 배에 올랐다. 형편없는 바느질로 얼기설기 꿰어놓은 신발을 신고.

준이라든가…… 준코라든가…….

그런 사람이 여자를 안다고 했다. 소식을 전한 이는 오사카 음반회사의 녹음기사였다. 밤낮없이 술에 절어 있어 평소 또렷한 의사소통이 불가능한 인물이었다. 요즘 나를 모르는 인물이 더 귀한 거 아녜요? 대화가 길어지면 피곤한 건 이쪽이니 대화의 싹을 잘라낼 수밖에. 아, 기야 기렇지. 여자의 지청구에 녹음기사는 클클 웃으며 변소로 사라졌다. 저 변태 주정뱅이한테는 애당초 신뢰가 없는 데다가 준이라는 이름도, 준코라는 인물도 들어보지 못했지만 여자는 낯모를 사람들의 아는 체에 내심 흐뭇한 마음이 들었다. 이제 그만큼이나 제 이름이 장내에서 돌고 있다는 것이었으므로. 그래, 더는 다 터진 신발을 꿰어 신던 양동의 아이가 아니다. 이제 더는 물질밖에 할 줄 모르던 아이도 아니다. 이제 나는,

조선악극단 최고의 인기 스타,
그리고 이쪽은 인재, 저쪽은 샛별, 여기는 기둥.

아카사카 저택에서 보낼 사람들이 숙소에 도착하자 단장이 나서서 단원들을 소개했다. 허리춤이 두둑한 경찰들이 단원들의 옷가방이나 악기들을 칼집으로 쿡쿡 쑤셔댔다. 조심성이라고는 한구석도 없는 태도였다. 테러리스트, 요새 테러리스트들이 날뛰어 어쩔 수 없는 검문이라고 저택 사람들이 단원들의 이해를 구했다. 저런 육시랄 것, 누군가 낮게 웅얼거렸다. 나라 밖은 전쟁이 한창이었다. 조선인 징용은 시간문제란 소문이 돌자 독자인 아들을 서둘러 결혼시키려는 서신이 배추밭에 나비 날 듯 분주히 날아다녔다. 일본이 일으킨 전선戰線은 태평양을 넘어가고 있었고, 조선 독립에 대한 열망도 사선死線을 넘으며 횡행했다. 조선에서 건너온 악극 단원들 속에 기업인, 경찰, 군인, 총독, 그리고 천황까지 겨냥하려는 테러리스트가 숨어 있을 이유도, 그렇다고 숨어 있지 않을 이유도 없었던 게 사실이다. 그러니까 테러리스트,

준이라든가…… 준코라든가…… 하던
니는 그것이 되었구나.

킷사텐 주인장이 축음기 태엽을 새로 감았다. 이어 축음기의 황동나팔이 블루스를 부르기 시작했다. 블루스는 재즈만큼이나 여자가 좋아하는 장르였다. 여자는 일어서기를 체념

하고 종업원을 불러 따뜻한 물 한 잔을 받아 들었다. 새로 들어온 손님 중에 아는 얼굴은 보이지 않았다.

여자가 제주에 있다 다시 양동으로 나왔을 때 그 애는 정명여학교에 다니고 있었다. 앞으로 무엇을 하고 싶으냐고 여자가 묻자 그 애는 조금 망설이다가 배운 것을 제대로 쓸 수만 있다면 뭐든…… 좋겠다고 우물거렸다. 이번엔 그 애가 물었다. 무엇을 하겠느냐고. 여자는 나도 그 비슷한 것이라고 답했다. 그 비슷한 것. 배운 것을 제대로 쓸 수 있는 일. 제주의 혹독한 바다에서 배웠던 것들, 숨을 들이쉬고, 내쉬고, 호흡하던 것. 그것을 반드시 써먹고야 말겠다는 비릿하고 지독한 의지가 여자에게는 있었다. 그게 마지막이었다. 그 애를 본 일도, 양동에 머물렀던 것도.

얼마 지나지 않아 여자는 극단에 들어갔고, 막간 무대에서 노래하다가 오사카의 음반회사 사람에게 발탁되었다. 그 기회를 잡아 오사카로 넘어간 여자는 정식 가수로 음반을 취입했다. 데뷔는 상당히 성공적이었다. 여자의 비음 섞인 목소리와 호흡을 자유롭게 구사하는 창법은 뭇사람들의 귀를 단박에 사로잡았다. 그리고 이어 낸 음반으로 여자는 일약 스타가 되었다. 막간 가수에서 조선 최고의 디바가 되기까지 크고 작은 부침이 없었나 하면 꼭 그렇지는 않다. 양동에서 겪은 가난과 제주에서 했던 물질에 비하면 지금의 일들이야 까짓것, 아무것도 아니라고 여자는 생각했다. 당차고 당돌한 구석이 있는 여자의 성격과는 별개로 사람들이 열광한 것은 애달픈 정서를 속절없이 일으키는 그녀의 목소리였다. 울음을 우는 듯한 바이브레이션과 맑고 가는 목소리의 조화가 그랬다. 여자의 노래에서만 느낄 수 있는 서글픈 파형의 울림이 식민지 조선의 비애를 타고 팔도를 유랑했다.

그는 주정뱅이였지만 꽤 실력 있는 엔지니어였다. 여자의 데뷔 음반을 녹음했고 그것이 성공을 거두며 동경에서 새로운 작업을 함께 도모하기도 했다. 그러다 어느 날 갑자기 증발했다. 이름도, 고향도 모두 거짓으로 남긴 채 사라졌다. 그가 여자에게 준인지 준코인지 하는 인물을 자주 언급하였는데, 그 인물조차 실제인지 알 수 없을 만큼 지금껏 알고 있던 그의 존재 자체가 완벽히 구라였다. 여자는 그의 증발이 서운하거나 걱정되기보다는 괘씸해서 순간순간 열이 뻗쳐올랐다. 무수한 거짓말 속에서 그이가 여자를 포함한 유명 가수들의 이름을 멋대로 팔고 다녔다는 행적만이 사실로 드러났기 때문이다. 불분명한 자신의 신원이 의심받을 때마다 벗어나기 위한 구실이었다. 여자는 그 변태 주정뱅이를 다시 만나기만 하면 얼마 없는 머리털을 다 뽑아놓겠다고 이를 갈았지만 그럴 일은 벌어지지 않았다. 사내는 죽었다. 일종의 처형이었다. 그는 일제의 고위관료를 암살하려 했고 실패했으며 사살당했다. 그 일을 함께 도모했던 자는 살아남아 도망쳤다. 독이 잔뜩 오른 경찰이 여태 쫓고 있는 변신의 귀재,

준이기도, 준코이기도 한, 지금쯤 또 다른 이름이 되어 있을 그 애였다.

울상이네.

울음에 갇힌 채로 박제된 것처럼 얼굴이 꼭 그래 보였다. 팔자로 내려간 눈썹과 아래로 길게 처진 눈매, 검은 안경테에 갇힌 눈동자가 유리알에 비쳐 가물거리는데, 그 얼굴이 꼭 울상이었다. 살아 있는 볼모가 되어버린 몰락한 왕조의 마지막 황태자, 아카사카 저택의 주인이었다. 저택은 밝은색 벽돌을 겹겹이 쌓아 올린 몸통에 아치 모양의 문을 내고 가파르게 쏟아지는 지붕을 얹은 모양이었다. 그게 바로 튜더 양식의 건물이라는데, 그러든지 말든지. 여자는 심드렁한 얼굴을 하고 저택 안으로 종종 걸어 들어갔다. 저택은 멀리서도 눈에 띌 만큼 화려했고 그래서 더 폐쇄적인 인상을 풍겼다. 겹겹으로 둘러싼 문을 열고 나가려 애쓸수록 안으로 깊어지는 미로처럼, 무엇이든 할 수 있으나 아무것도 할 수 없는 모순적 조건 속

에 비운의 황태자가 살았다.

　그저 가서 한이나 풀어드리자고, 아카사카행을 망설이는 단원들을 단장이 독려했다. 초청이라지만 호출이었고 호출이라지만 명분도 없는 저택 공연은 그렇게 이루어졌다. 정원으로 이어지는 넓은 응접실이 무대라면 무대였다. 커다란 유리 창문 너머 보이는 정원은 단정하게 정리되어 있었다. 바윗덩어리 몇 개가 눕혀 있거나 박혀 있었고, 역시 정돈된 채로 서 있는 단풍 몇 그루와 일부러 만든 것이 분명한 대나무 군락이 촘촘했다. 여자가 여태 살면서 다녀본 곳 중 단연 최고일 정도로 화려하고 고급이었으나, 그뿐이라고 여자는 생각했다. 제아무리 꾸며놓은 곳이라 한들 정원수 너머에 있는 세상이 손톱만치도 보이지 않았다. 대나무를 헤집어봤자 거대한 담장만을 마주할 뿐인 곳이었다.

　저택 주인의 것이라는 원목 의자는 보호와 감금의 애매한 경계에 비스듬히 놓여 있었다. 망국의 책임을 묻는 조선 백성의 통곡과 매국노라는 비난에 대해, 차라리 자결하라는 외침과 테러의 위협에 대해 그는 그곳에 앉아 비스듬히 비껴가며 살고 있었다.

　세 척 정도나 차이가 났을까. 겨우 세 걸음 차이로 그 애는 죽음에서 비껴갔다. 독립군에게서 받은 폭약이 위력을 내보이지 못하고 풀썩 사그라졌다. 물건이 잘못됐음을 감지한 녹음기사는 격렬히 저항하며 이 일을 함께 도모한 동지가 현장을 빠져나갈 시간을 벌어주었다. 청천대낮 동경 한복판에서 폭약을 터뜨린 녹음기사는 총에 맞았고, 그 애는 살아남았다.

준이라든가, 준코라든가 하는 사람이 바로 그 애라는 사실을 알게 된 건 정명여학교 출신인 여자의 과외선생을 통해서였다. 여자는 얼마 전부터 영어를 배우기 시작했다. 조선도 아닌 일본도 아닌 아메리카, 그곳에 여자의 남은 꿈이 있었다. 할리우드의 그레타 가르보* 같은 배우에 도전해보고 싶은 마음이었다. 영어가 필요했다. 개인교습을 맡아줄 선생을 구해보니 그 애와 같은 정명여학교 출신이었다. 비슷한 또래에 동향인을 선생으로 만난 반가움에 여자는 공부에 재미를 붙여갔다. 내색을 하진 않았지만 그를 통해 잊고 살던 고향 이야기를 귀동냥하는 재미도 있었다.

그 애가 공부를 더 하겠다며 진학한 정명여학교 고등과를 일제가 폐지해버렸다. 1919년 4월 전교생이 참여한 독립만세운동이 있었고, 그 애가 자라 재학할 때까지 학생들의 지속

---

*　그레타 로비사 구스타브손Greta Lovisa Gustafsson(1905~1990), 스웨덴 스톡홀름 출신의 할리우드 영화배우다. 1920년대부터 1941년까지 활발히 활동하며 무성, 유성영화의 과도기를 이끈 최고의 배우로 자리매김했다.

적인 항일운동이 정명여학교에서 전개되었다. 일제는 학교를 목포 항일운동의 거점이자 기지로 찍어 노골적으로 탄압하기 시작했다. 고등과를 없앤 것도 그 일환이었다. 그리고 2년 뒤 학교는 돌연 폐교를 선택했다. 자진 폐교였다. 일제의 신사참배 강요를 극렬히 거부하다 내린 최후의 선택이었다. 그리고 놀랍게도 항일운동의 중심에 그 애가 있었다.

선생은 그 애가 결국 일본으로 건너가 가명을 쓴다는, 변장을 한다는, 독립운동에 투신했다는 이야기가 있지만 모두 일제가 만들어낸 거짓 소문일 테니 너무 신경 쓸 건 아니라는 무심한 투였다. 그보다도 그 애가 여자의 노래를 참 좋아했다고, 유난히도 좋아했다고 전했다. 여자는 구체적으로 어떻게 좋아했느냐 물었다. 글쎄요, 잠시 고민하던 선생은 아무튼 좋아했다고, 관심이라고는 오로지 독립운동밖에 없던 애가 유일하게 알고 있는 유행가가 여자의 노래였고 어쩌면 그것이 그 애가 좋아한 유일한 것이었을지도 모른다고 했다.

여자는 자신의 영어선생으로 그 애를 만났으면 어땠을까. 상상해본 적이 있다. 노래가 영어로 무엇이냐 물으면 노래는 송, SONG. 그럼 가수는 무엇이냐. 가수는 싱어, SINGER. 그럼 눈물은 무엇이냐 물으면 눈물은 티어, TEAR 라고 답해주는 아이. 그리하여 훗날 우리가 다시 만난다면,

나는 조선 최고의 가수로, 너는 조선 최고의…… 너는, 그
러니까 너는 조선 최고의,

…… 무엇이 되고 싶었을까.

여자는 그것이 몹시 미안해졌다. 더는 떠올리지 못하는 그
아이의 무엇, 그 무엇이 무엇일지 더는 상상할 수 없는 것에
대하여.

여자는 그날 선생에게 물었다. 조선은 영어로 어떻게 쓰느
냐고.

조선은 KOREA,

코리아였다.

반월성 넘어 사자수 보니

흐르는 붉은 돛대 낙화암을 감도네

옛 꿈은 바람결에 살랑거리고

고란사 저문 날엔 물새만 운다

물어보자 물어봐 삼천궁녀 간 곳 어데냐

물어보자 낙화삼천 간 곳이 어데냐

청마산 위에 햇발이 솟아

부소산 남쪽에는 터를 닦는 징소리

옛 성터 새 뜰 앞에 꽃이 피거든

산유화 노래하며 향불을 사르자

물어보자 물어봐 삼천궁녀 간 곳 어데냐

물어보자 낙화삼천 간 곳이 어데냐*

예정에 없던 독창은 함경도 출신의 남자가 맡았다. 악극단이 준비해 온 무대를 다 끝낸 뒤였지만 저택 주인이 좀처럼 자리를 뜨지 않아 급히 마련한 앙코르 공연이었다. 단장은 내심 마지막 독창을 여자가 해주었으면 했지만 여자가 거부했다. 여자의 태도가 완강하기도 하고 입씨름할 자리도 아닌지라 단장이 물러섰다. 단장 눈에 벗어나서 득 될 게 없다는 걸 모르는 바 아니었지만 어쩌라고 싶었다. 남의 지시나 기다리고 눈치나 살피며 살 요량이었으면 그 옛날 양동을 떠나지도 않았을 거였다.

노래의 마지막 소절에 이르자 원목 의자의 주인이 기어이 눈물을 흘렸다. 응접실에 모인 사람들도 하나둘 손등으로 눈가를 찍어냈다. 전염병처럼 퍼지는 눈물에 공명하지 못한 것은 여자뿐이었다. 경성을 출발할 때부터 지금까지 우리가 한

---

* 〈낙화삼천〉은 조명암 작사, 김해송 작곡으로 1942년 김정구가 발표한 곡이다. 총 3절의 가사 중 1절, 3절을 인용하였다.

이나 풀어드리고 오자는 단장의 말이 도무지 이해가 가지 않았다. 적어도 여자에게 한이라는 것은 주린 배를 끌어안고 올랐던 유달산에 있었다. 신발이 터졌던 비탈길에 있었고, 땟국에 절은 양동 아주머니의 앞섶에 있었다. 쑥을 뜯으며 시작된 아낙들의 수다에, 아이들이 물장구치는 한여름의 바다에, 물에 빠진 아이를 건져내는 아저씨의 호통에 있는 것이 바로 한이었다. 그러니까 한이라는 것은 아무런 소리가 들리지 않는 이곳 동경의 왕궁에서 정돈된 식물처럼 볼 수 있는 가지런한 것이 아니었다.

팡, 하고 터질 때 눈을 감으면 안 된다고 사진기사가 어린 애들을 타일렀다. 어린애들로 구성된 무용단 일원을 앞줄에 세웠는데 자꾸 눈을 감는 모양이었다. 기념사진을 찍는 것까지가 일이었다. 저택의 주인을 가운데에 두고 어림잡아 쉰 명쯤 되는 사람들이 정원에 나란히 정렬했다.

팡,
다시 한번, 눈을 감으면 안 된다고.
팡,
이 사진은 길이 남을 것이라고.

한 번 더

팡,

내장이 터진 녹음기사는

팡,

자신의 이름조차 남기지 못하고 객사했지.

자꾸만 그런 것들이 생각나 여자의 어깨가 점점 굽어갔다. 여자는 몸을 있는 대로 움츠린 채로, 돌아선 어깨 뒤로 겨우 얼굴을 들어 팡, 사진에 찍혔다.

모든 음악이 끝났다. 주인장은 축음기 태엽을 새로 감는 대신 마른 수건으로 먼지를 털어냈다. 손님이 떠난 테이블을 정리하던 종업원이 여자의 자리를 힐끗거렸다. 천장의 불도 반쯤은 꺼져 있었다. 녹음기사가 살아 있을 때 즐겨 오던 곳이었다. 밤낮없이 술에 취해 다방이나 어슬렁거리는 한량 행세로 일제의 의심을 피해온 사내였다. 분명 이곳이었다. 사내가 그 애를 만나왔던 곳. 서로를 알아볼 수 있을까. 끝없이 의심하고 반드시 알아볼 것이다 수없이 다짐하는 사이 영업시간이 다 되었다. 피로에 절은 종업원이 다가와 더 필요한 것이 있느냐고 물었다. 여자는 계산서를 달라고 했다.

동경의 밤거리는 평화로웠다. 하늘은 칠흑 같았고 점점이 수놓인 불빛이 거리를 밝혔다. 때때로 보이던 사람들은 여자와 마주치기 전 골목 곳곳으로 사라졌다. 어느덧 여자는 완벽히 혼자인 채로 동경의 거리를 걸었다. 발이 퉁퉁 불어 있었다. 저택 공연 때문에 아침부터 혹사당한 발이었다. 구두 뒤축에 짓눌린 살갗이 이내 벗겨지더니 한 걸음 뗄 때마다 뒤꿈치가 붉은 피로 질컥였다. 아픈 것보다도 강둑이 터진 듯 밀려오는 피곤에 정신이 어지러웠다. 정말 마지막이란 심정으로 돌아본 거리는 여전히 어둡고 적막했다.

내가 그 애에게 무슨 말을 할 수 있었을까. 여자는 구겨 신은 구두를 득득 끌며 생각했다. 오직 만나야만 한다는 생각만 했지 막상 마주했을 때를 생각하지 못했다. 내가 너를 잡으러 온 부모의 사자使者라고 할 수도 없고 너와 뜻을 함께하는 동지라고도 할 수 없다. 친구, 라고 하기엔 너무 많이 떨어져 있었지만 결국 친구일 수밖에 없는 둘 사이의 아득하고 처연한 관계에 대해 오래도록 생각했다. 일단 사과부터 해야겠지. 양동에서 부렸던 심술에 대해, 말없이 양동을 떠났던 것에 대해, 그리고 괜찮다면,

펑.

어디선가 폭발음이 들리더니 멀리서 붉은 불기둥이 솟았다. 뒤이어 자잘한 불꽃들이 튀어 올랐다 사라지길 반복했다.

귀향

하나비*인가. 여자는 하늘을 올려보며 생각했다. 하나비는 두 달이나 남았는데……. 잠시 멈춰 섰던 여자가 절뚝이며 마저 걷기 시작했다. 그리고 그 애가 괜찮다면,

사공의 뱃노래 가물거리면
삼학도 파도 깊이 스며드는데
부두의 새악시 아롱 젖은 옷자락
이별의 눈물이냐 목포의 설움

삼백 년 원한 품은** 노적봉 밑에
임 자취 완연하다 애달픈 정조
유달산 바람도 영산강을 안으니
임 그려 우는 마음 목포의 노래

깊은 밤 조각달은 흘러가는데
어찌다 옛 상처가 새로워진다
못 오는 임이면 이 마음도 보낼 것을

---

*　　はなび[花火], 매년 7~8월에 열리는 일본의 불꽃놀이.
**　　1935년 발표 당시, 해당 가사가 임진왜란부터 시작된 일제에 대한 원한을 떠올린다는 이유로 검열되어 삼백연 원안풍(三栢淵 願安風)으로 바뀌었다는 이야기가 전해지고 있다.

항구에 맺은 절개 목포의 사랑[*]

경찰의 호각 소리가 매섭게 울렸다.

어디론가 달려가는 군인들의 발소리, 놀란 사람들이 거리로 나와 웅성대는 수선 속에서도, 그 애가 괜찮다면, 유일하게 좋아했던 제 노래를 불러주겠노라고 다짐했었으니까.

어느덧 몰려온 회백색 연기가 거리를 가득 메웠다.

이제 그만 목포에 가야겠다고, 여자는 생각했다.

---

[*] 〈목포의 눈물〉. 문일석 작사, 손목인 작곡으로 1935년 이난영이 발표한 곡이다.

삼색 고양이를 따라가면

김경희

김경희

2010년 단편소설 〈코피루왁을 마시는 시간〉으로 등단했다. 다큐 에세이《제주에 살어리랏다》, 여행 에세이《마음을 멈추고 부탄을 걷다》, 테마소설집《호텔 프린스》《소설 제주》등을 썼다.

오늘 밤기차로 목포에 가려고 해. 나는 커다란 여행 가방 위에 걸터앉아 메모를 한 장 썼다. 인생 두 번째 목포행. 얇은 재킷 하나를 꺼내 입고 일찌감치 집을 나섰다. 시기적으로 좀 이르다 싶은 감이 있지만 오래전 목포 여행에서 요긴했던 기억이 있다. 그 여행도 거의 30년 가까이 지난 일이다. 그해 여름, 아버지의 고향이라는 목포로 향할 때 나는 열다섯 살이었다. 그 여행이 절대로 싫은 건 아니었지만 썩 신나는 일도 아니었다. 아버지와 그다지 친밀한 관계도 아니었을뿐더러 목포가 어디인지, 얼마나 먼 곳인지 전혀 알지 못했기 때문이다. 목포가 아닌 부산으로 목적지를 변경한다고 해도 하나도 이상할 게 없는 갑작스러운 여행, 나는 쏟아지는 잠을 억지로 깨며 아버지를 따라나섰다. 목포 그리고 밤기차, 묘하게 어울리는 두 단어를 입 안에서 사탕처럼 굴리며 나는 해방감 같은 것을 느꼈다. 그러다 기차가 막 출발할 땐 긴장이 되어 가슴이 철렁했다. 열다섯 살은 그런 나이니까.

기차가 도착했을 때 목포역 플랫폼은 훗훗한 열기로 가득했다. 나는 얼굴을 조금 찡그렸고 아버지는 아무 말 없이 앞장서서 성큼성큼 걷기 시작했다. 머릿속에서는 무슨 말이 자꾸 맴돌았지만 아버지의 뒷모습을 보니 어쩐지 입 밖으로 나오지는 않았다. 요는 시작부터 편치 않았다는 이야기다. 그 후로 나는 꽤 오랫동안 그 여행을 잊고 살았다. 그런데 30년이 지난 지금에 와서 왜 갑자기 목포가 떠올랐을까? 아무리 생각해도 알 수가 없다. 아버지의 고향이라고는 하지만 단 한 번 가봤을 뿐, 목포에 친척이 남아 있다는 이야기는 들어본 적이 없다. 며칠 전 걸려온 전화 때문인가? 그렇지 않다. 061로 시작하는 낯선 번호는 그저 잘못 걸려온 전화에 불과하다. 그렇다면 30년 전 그 여행이 아름다운 기억으로 남아 있던가? 그역시 확실치 않다. 밤기차, 낯선 골목, 항구에서 풍기는 비릿한 냄새와 훗훗한 열기 외에 딱히 남아 있는 인상적인 기억은 없다. 그저 '1996년 여름, 목포'라고 중얼거리며 나는 목포행기차에 몸을 실었다.

기차가 출발하자 정작 당황스러운 건 다른 데 있었다. 무심코 창밖을 바라보는데 두 남자의 얼굴이 아른거리면서 멀미를 할 것처럼 속이 울렁거렸다. 근래 들어 좋은 일이라고는 찾기 힘든 상황이 이어졌다. 양손에 커다란 짐을 들어 손쓸 수 없는데 다른 짐까지 맡겨진, 말하자면 그런 상태였다. 반년 전 아버지가 내 인생에서 사라져버린 것이 그 시작이었다. 그리고 또 한 남자, 어느 순간 호의적인 눈빛을 거둔 남편도 나와는 정반대 방향으로 걸어가기 시작했다. 머릿속으로는 괜찮아, 문제 될 건 없다고 되풀이하면서도 실상 마음은 그렇지 않았다. 나는 마음을 가다듬고자 기지개를 켰다. 밤기차라 그런지 갑자기 졸음이 쏟아졌다.

*

목포역에서 도보로 약 15분. 30년 전, 그 집을 바로 찾는 건 기억만으로는 불가능했다. 스마트폰이 안내하는 대로 찾아가는데도 길을 몇 번씩이나 잘못 들어 골목을 헤맸다. 역에서 15분이라는 안내와 달리 30분이나 훌쩍 지나서 도착한 이곳은 아버지와 이틀 밤을 보낸 숙소다. 인터넷을 검색하던 중 아직도 운영 중인 걸 발견하곤 얼마나 반가웠는지 모른다. 오랜 시간 문을 닫지 않고 운영해온 것도 대단한데 집이 당시 모습 그대로라는 점이 나로서는 더 놀라웠다. 막다른 길목에 자리한 붉은 벽돌로 지어진 2층 집. 마치 1996년 여름에 머물러 있는 듯 시공간을 초월한 느낌마저 들었다. 나는 녹이 슬어 칠이 군데군데 벗겨진 대문을 살펴보다가 나무로 만든 문패를 발견했다. 목련하우스? 어쩐지 '하우스'보다는 '목련관'이나 '목련장'이 훨씬 어울릴 법한 이름이라는 생각이 들었다. 나는 까치발을 들어 담장 너머를 둘러보았다. 그러자 키가 큰 목련 나무 한 그루가 눈에 들어왔다. 목련하우스. 그제야 고개가 끄덕여졌다. 나는 문 앞에서 '목포에 도착했어'라고 남편에게 메시지를 보냈다. 물론 답장은 오지 않았다. 웃긴 것도 아니고 슬픈 것도 아닌 이상한 웃음이 났다. 아니다, 실은 눈물일지도 모르겠다.

나는 남편과 이혼하기로 했다. 그러기로 결정하는 데 대략 20년이 걸린 셈이다. 사실 이혼이란 것이 우리 부부의 삶에 어떤 파급력이 있는 것도 아니다. 혼인의 본래 목적인 부부의 공동생활을 파기한 채 살아온 지 이미 오래되었기 때문이다. 속 깊은 대화를 나누지 못한 것은 대략 15년, 부부가 각자의 방에서 조용히 생활한 지도 10년 이상 지나버렸다. 그렇다고 완전히 단절된 생활은 아니었다. 손톱깎이나 상처에 바르는 연고 따위가 필요할 때면 정중히 노크를 하고 각자의 방을 드나들기는 했으니까. 이혼으로 갈라서거나 이대로 결혼 생활을 유지한다고 해도 사는 모양새가 크게 달라질 것

없는 그런 관계, 그럼에도 굳이 이혼을 결심한 이유가 뭐냐고 누군가 묻는다면 이렇게 말할 수밖에. 아마도 삼색 고양이 때문이라고.

*

나는 고양이에 관심이 없었다. 오히려 고양이를 좋아하지 않는 편에 가까웠다. 내가 아주 어렸을 때 동네 어른들은 지나가는 고양이를 보며 이런 말을 했다.

– 고양이는 영물이야. 복수하는 동물이거든.

고양이로서는 억울한 일이 아닐 수 없다. 그럼에도 고양이를 마주할 때면 어쩐지 께름칙한 느낌이 든 것도 사실이다. 하지만 그건 고양이의 문제가 아니다. 아마도 그렇게 느끼는 사람의 인생이 그렇게 흘러가고 있기 때문이겠지. 정작 고양이는 아무것도 하지 않았는데도 말이다. 사건이 일어난 그날도 고양이는 아무런 의도가 없었다. 다만 을씨년스러운 날씨에다 비까지 부슬부슬 내리면서 무뎌진 나의 이성이 원인일지도 모르겠다. 징조가 없었던 것은 아니다. 한 달 전부터 삼색 고양이 한 마리가 아파트 공동 현관을 배회했는데, 부러 관심 없는 척하면서도 나는 은근히 신경이 쓰였다. 그날도 현관 앞에서 막 우산을 접고 들어가려는데 어디선가 삼색 고양이가 홀쩍 나타났다.

– 냐…… 냐…… 헬로?

헬로라고? 고양이는 야옹, 하고 우는 줄 알았는데 아니었다. 자세히 들어보니 '헬로'는 아니고 '알로'에 가까웠다. 대체 무슨 뜻일까? 나는 한 걸음 다가가 몸을 최대한 낮추었다. 그러자 삼색 고양이가 시선을 피하지 않고 나를 빤히 쳐다보았다. 아뿔싸. 눈을 마주치면 아는 사이가 되는 게 아닐까? 난처한 기분에 사로잡힌 나는 되도록 평정심을 유지하며 공동 현관을 빠르게 지나쳐 집으로 돌아갔다. 시간이 얼마나 흘렀을까? 다시 나갈 채비를 하고 굳이 발소리까지 죽이면서 문을 열었다. 그런데 공동 현관 가장자리에 삼색 고양이가 미동도 하지 않고 앉아 있었다. 녀석의 귀가 두어 번 쫑긋 움직였다. 마음속 어딘가에서 죄책감 비슷한 것이 슬며시 올라왔다. 살면서 죄책감이 든 것은 이번이 두 번째였다.

나는 그날을 똑똑히 기억한다. 기온이 뚝 떨어져 한파주의보가 예고된 몹시 추운 날, 전화 한 통이 걸려왔다. 상대는 아버지였다. 큰 수술을 앞두고 있는데 동의서에 사인할 누군가가 필요하다는 것이 요지였다. 사실 아버지와는 가족이라기보다 타인에 가까운 채로 살아왔다. 가족이란 서로 진심을 숨겨야 하며 되도록 만나지 않는 편이 상대를 위하는 길이라고 여긴 지 오래였다. 그렇다고 가족을 원망하는 쪽은 아니었다.

지나고 보니 그건 누구의 탓도 아니었다. 그저 가족의 운명이 그러했을 뿐이다. 게다가 누군가를 간병한다는 것에 대해 나는 구체적으로 생각해본 적이 없었다. 열아홉 시간에 걸친 긴 수술을 받은 후 병실로 옮겨진 아버지의 첫 마디는 "누구시냐"였다. 나는 살면서 처음으로 죄책감 비슷한 것을 느꼈다. 그때 문득 아버지의 귀가 눈에 늘어왔다. 짧게 올려 친 머리카락 밑으로 훤히 드러난 귀가 어쩐지 아래쪽으로 처져 있었다. 더 이상 아무 이야기도 듣고 싶지 않다는 듯이. 그리고 얼마 지나지 않아 아버지는 내 인생에서 홀연히 사라져버렸다. 나는 공동 현관에 오도카니 앉아 있는 삼색 고양이를 가만 바라보았다. 쫑긋 솟은 귀가 앞뒤로 예민하게 움직였다. 넌 살아 있구나. 아니, 살고 싶구나! 삼색 고양이는 눈을 가늘게 뜨고 꼼짝도 하지 않았다.

*

― 실내 실고양이를 데려다 키우자는 거야?

퇴근 후 집에 온 남편이 질색하며 말했다. 물론 즉흥적으로 일을 벌인 것은 순전히 나의 실수였다. 아무리 데면데면 살고 있다고 해도 의논했어야 마땅한 일이기 때문이다. 특히 남편은 청결에 관해서는 몹시 민감한 사람이다. 몸에서 떨어져 나온 터럭 같은 것들, 예컨대 샤워 후 욕실 바닥에 남은 머리카락 몇 올에도 신경이 곤두서는 사람이었으니까. 그는 삼색 고양이를 보자마자 차마 눈 뜨고 못 보겠다는 듯 화난 표정을 지었다. 무섭도록 고요한 시간이 지나갔다. 그것이 목소리를 높여 싸우거나 서로를 할퀴었다는 뜻은 아니다. 십여 년 전까지만 해도 우리는 그런 방식으로 싸웠지만 어느 순간 그것조차 의미 없다는 것을 알아차렸다. 이제 남은 것은 흘깃 훔치듯 바라보는 서로의 뒷모습뿐이다.

삼색 고양이가 슬며시 다가와 내 옆에 앉는다. 나는 고양이를 두어 번 내리 쓰다듬었다. 짐작보다 훨씬 보드라운 감촉이다. 털도 내리쓸어야 빛이 나는 거구나! 나는 미처 가꾸지 못한 우리의 결혼이 어쩐지 처연하다는 생각이 들었다. 그마저도 나의 감상일 뿐, 남편은 깊은 한숨을 내뱉더니 분명한 어조로 말했다.

– 오늘 안에 내보내라고. 아니면 내가 나갈까?

그 순간 가슴이 답답해졌다. 고양이를 내보내자니 마음이 편치 않을 것 같고 남편에게 부담을 주자니 그 역시 못 할 짓이라는 생각이 들었다. 나는 냉장고에서 맥주 한 캔을 꺼내 단숨에 마셨다. 겨우 몇 모금인데 눈물이 핑 돌았다. 잠깐만 누울 생각이었는데 나는 그대로 고꾸라져 잠이 들고 말았다. 깨어나 보니 주변이 온통 캄캄했다. 아, 삼색 고양이! 겨우 정신을 차리고 집안 구석구석을 살폈지만 고양이가 보이지 않았다. 집에 들인 지 정확히 열두 시간 만에 사라져버린 것이다. 어디로 갔을까? 나는 술이 덜 깬 채로 뛰어나가 아파트 주변을 이리저리 살폈다. 각 동의 공동 현관은 물론 컴컴한 지하실까지 샅샅이 확인했지만 어디에서도 고양이의 흔적을 찾을 수 없었다. 단지 건너편 공원에서 비슷한 삼색 고양이를 발견하고는 반가워 뛰어갔지만 그 녀석이 아니었다. 삼색 무늬와 털의 빛깔이 전혀 달랐다. 때마침 새벽 운동을 나온 한 노부인이 나를 위아래로 쳐다보더니 참견을 했다.

– 뭐 잃어버리기라도 한 거예요?

– …… 고양이요. 삼색 고양이.

– 쯧쯧, 집 나간 고양이는 찾아다녀봐야 소용없어요. 차에 치여 죽은 채 발견되지 않음 다행이지.

노부인의 말에 나는 그만 울컥 눈물이 쏟아졌다. 사실 몰랐던 것도 아니다. 이렇게 되리라는 걸 알면서도 모르는 척했을 뿐이다. 그러자 모든 것이 남편의 탓이라는 생각이 들었다. 남편이 고양이를 죽이지 않았는데도 말이다. 나는 축 늘어진 채로 집으로 돌아가며 조용히 읊조렸다. 고양이가 죽은 게 아니라 우리의 결혼이 죽은 거라고.

목련하우스 뜰에는 여름 꽃들이 피어 있었다. 숙소 운영자인 노부인이 실내로 가는 문을 열었다. 가장 먼저 2층으로 이어지는 나무 계단이 눈에 들어왔다. 노부인을 따라 올라가는데 폭이 좁은 난간에서는 걸을 때마다 삐걱삐걱 어긋난 소리가 났다. 계단 중간 즈음에서 노부인이 걸음을 멈췄다. 창밖을 보자 커다란 목련 나무 한 그루가 시야에 가득 들어왔다.

- 여기서 보니 또 다르죠? 저 목련은 50년도 넘었어요.

노부인은 자부심이 가득한 목소리로 말했다.

- 길 건너가 목포항인 건 알죠? 우리 집이 한창 잘나갈 땐 주로 선장들이 와서 묵었어요.

일반 선원들 말고 급 있는 선장들 말이에요.

- 아, 그래요?

- 집이 좀 낡은 감은 있죠? 사실 골조만 남기고 싹 고치려고도 했는데……

- 느낌이 좋아요. 여긴 시간이 멈춰 있는 것 같아요. 정말 그때 그대로……

- 그래서 내가 손을 못 대고 있다니까. 흉내야 낼 순 있겠죠. 그렇지만 이런 데는 아마 찾기 힘들 거예요.

노부인은 별다른 할 일이 없는지 느긋하게 따라다니며 일

일이 설명을 했다. 친절한 사람인 건 알겠는데 조금 부담스럽다는 생각이 들었다. 그때 노부인이 그만 내려가보겠다고 말했다. 생각보단 눈치가 빠른 사람이다. 내가 살짝 목례를 하려하자 노부인이 뭔가 떠오른 듯 몸을 돌리며 물었다.

— 내 정신 좀 봐. 혹시 고양이…… 싫어해요? 길에 사는 애들인데, 가끔 2층까지 올라올 때가 있거든요.

고양이라는 말에 나는 코끝이 간질거렸다. 에취. 갑자기 재채기가 났다. 나는 몹시 놀라거나 반대로 어색하고 지루할 때 하품이나 재채기를 하는 버릇이 있다. 그런 버릇은 잘 고쳐지지 않는다. 노부인이 아래층으로 내려간 후 나는 집안을 둘러봤다. 언뜻 보면 낡아 보이지만 마감이 튼튼해서 그런지 내부는 안정감이 느껴졌다. 기억을 더듬어 안쪽에 위치한 부엌으로 향했다. 30년 전 여행에서 아버지는 부엌을 살펴보다가 이런 말을 했었다.

— 날이 밝으면 나가서 맛있는 걸 먹자꾸나.

목포에 도착해서 그가 처음 한 말은, 그러니까 먹자는 이야기였다. 왜 목포에 온 건지, 여기에서 무엇을 할 건지에 대한 이야기는 단 한마디도 없었다. 나는 오랜 시간이 흘렀음을 감안하고 천천히 부엌을 살펴보았다. 협소한 공간임에도 싱크대와 가스레인지, 냉장고까지 빈틈없이 채워져 있었다. 어디선가 눅눅하고 짭조름한 간장 냄새 같은 것이 났다. 나는 여행 가방을 펼쳤다. 그러자 목포에 다시 왔다는 실감이 났다.

샤워를 하고 나오니 어느새 날이 밝아 있었다. 요기라도 할 겸 나는 목련하우스 근처 편의점으로 향했다. 캔 맥주와 간단한 간식거리를 살 요량이었는데 숙소를 나선 순간 그마저도 조금 귀찮아졌다. 그때 어디선가 고양이 울음소리가 들렸다. 잠시 후 훌쩍 나타난 고양이가 몸을 쭉쭉 늘리며 다가왔다. 자세히 보니 코끝에 검은 점이 있는 삼색 고양이였다. 나는 놀란 나머지 거의 숨이 멎을 뻔했다. 남편과 크게 다툰 날, 홀연히 사라져버린 고양이와 몹시 닮았기 때문이다. 물론 그건 말도 안 되는 이야기다. 나는 지금 서울에서 400킬로가 넘는 거리의 목포에 와 있지 않은가? 그런 생각을 하는데 이번에는 삼색 고양이가 발랑 드러눕기까지 했다. 나도 모르게 웃음이 났다. 근 한 달 만에 나온 웃음이었다.

나는 편의점에서 사려던 맥주 대신 닭고기 캔을 가져와 고양이에게 내밀었다. 그런데 몇 번 냄새만 맡을 뿐 녀석은 먹이에 도통 관심을 보이지 않았다. 대체 원하는 게 뭘까? 나는 최대한 몸을 낮춰 삼색 고양이를 길게 쓰다듬었다. 그러자 실눈을 뜨고 머리를 조아리던 고양이가 갑자기 어딘가로 이동하기 시작했다. 시계를 확인해보니 오전 10시, 무섭도록 조용한 거리에 느닷없이 나타난 고양이라니, 어처구니가 없다는 생각이 들었다. 저만치 훌쩍 가서 멈춘 삼색 고양이가 이쪽을 휙 돌아본다. 마치 자기를 따라오라는 듯이.

*

  삼색 고양이가 멈춰 선 곳은 편의점에서 5분 거리에 있는 건물 앞이었다. 고양이는 난데없이 그루밍을 시작했다. 나는 어리둥절한 채로 간판을 올려다보았다. 붉은색 바탕 위에 흰색 글씨로 '중화루'라고 쓰인 평범한 중국집 간판이었다. 그런데 어쩐지 익숙한 느낌이 들었다. 나는 그루밍에 열중하는 고양이와 간판을 번갈아 바라보았다. 삼색 고양이는 자신과는 상관없는 일이라는 듯 오로지 고난도의 동작을 취하는 데만 열중했다. 그러고 보니 이곳에 와본 적이 있었다. 그때는 '중화루'라는 이름의 가게가 아니었다.

  ─ 이 근방에 중화식당이 있거든. 거기서 중깐을 먹자.

  ─ 중깐이 뭐예요?

  ─ 간짜장이지. 너 짜장면 좋아하잖니?

  나는 뜻밖이라는 표정으로 아버지를 쳐다보았다. 그는 여전히 무표정한 얼굴이었지만 어제보다는 조금 편안해진 듯 보였다. 삼색 고양이를 따라온 곳이 여기라고? 나는 의아한 표정으로 고양이가 있는 방향을 쳐다보았다. 묘한 일이다. 그 잠깐 사이에 고양이는 흔적도 없이 사라지고 없었다. 사실 이상할 것도 없는 일이다. 고양이를 이해하려고 들면 인생이 피곤해진다.

나는 한 손에 편의점 비닐봉지를 든 채로 중국집에 들어갔다. 그러고 보니 어젯밤 집을 나설 때부터 아무것도 먹지 못한 상태였다. 갑자기 심한 허기가 느껴졌다.

— 죄송하지만 식사 가능할까요?

유니폼을 입은 점원 한 명과 식당 주인으로 보이는 남자가 동시에 나를 쳐다보았다. 어쩨 손님은 단 한 명도 보이지 않았다. 하긴 이른 아침부터 짜장면을 먹으러 오는 사람은 흔치 않을 테니까.

— 혼자 오셨어요? 이쪽으로 앉으세요.

식당 주인 남자가 무심하게 자리를 안내했다. 그를 따라 테이블 사이로 걸어가다가 나는 그만 눈이 휘둥그레졌다. 모든 것이 30년 전 그대로였기 때문이다. 주방에서 뿜어져 나오는 열기에 뒤엉킨 기름 냄새가 풍겨오자 기억은 더욱 선명해졌다. 주인 남자도 나의 시선을 알아챘는지 고개를 갸웃했다.

— 낯이 좀 익은 것 같은데…….

— 오래전에 한 번 왔었어요. 아버지하고.

— 아! 우리 집이 그래요. 아버지가 딸을 데려오고, 그 딸이 또 자식을 낳으면 데려오죠. 저 메뉴판 기억나요? 짜장 60원…… 난자완스 500원…… 1965년 가격이에요. 작은아버지

가 1947년에 개업한 식당을 우리 아버지가 인수했고 그걸 작년에 내가 물려받았으니 거의 오십 년이 가까워지네요.

나는 어렴풋이 기억이 났다. 아버지와 중화식당을 찾았을 당시에도 메뉴판이 벽에 걸려 있었다. 그런데 어딘가 모르게 이상했다. 1947년이면 언뜻 셈을 해봐도 오십 년이 아니라 팔십 년이 가깝다는 계산이 나왔다. 내가 모호한 표정을 지어 보이자 주인 남자는 달력을 가리켰다.

— 못 믿겠어요? 오늘이 1996년 8월 5일이니까 근 50년 세월이 맞죠?

— ……1996년이라고요?

— 저기 달력 있잖소. 거 주문부터 합시다. 보나마나 중깐 이겠지만.

나는 점점 섬뜩한 기분이 들었다. 주인장이 농담을 건넨 거면 그런가 보다 하겠는데 장난칠 사람으로 보이진 않았다. 그러고 보니 모든 것이 이상했다. 갑자기 홀쩍 나타난 삼색 고양이 하며 홀린 듯 따라온 나도 정상이 아니라는 생각이 들었다. 대체 고양이는 어디로 간 것일까? 뭔가 공기의 흐름이 이상해지면서 나는 불안감이 팽창하는 느낌에 사로잡혔다. 때마침 주인장이 검은 소스가 덮인 짜장면 한 그릇을 내왔다. 나는 벽에 붙은 1965년 당시의 메뉴판과 짜장면을 번갈아 내려다보았다. 이게 다 무슨 일이란 말인가. 갑자기 숨이 조금

가빠왔다.

ㅡ 중깐은 일반 짜장면과 달라서 면이 가늘어요. 금세 퍼지니까 후다닥 비벼서 빨리 드세요.

혼란스러운 마음을 숨기려고 나는 짧은 목례를 했다. 그런 다음 뭐라도 해야 할 것 같아서 젓가락을 들었다. 검은 소스에서는 은은하게 볶은 달큼한 양파 향이 났다. 나는 참지 못하고 면발을 입에 가져다 댔다. 어처구니없게도 발랄해질 만큼 즐거운 맛이었다. 잽싸게 면 위에 얹어진 계란 프라이를 한 점 떼어 입에 넣었다. 결국 여기로 되돌아온 것인가? 어쩐지 눈가가 시큰해지면서 아버지의 얼굴이 떠올랐다. 그는 무표정한 얼굴로 검은 소스를 비비더니 한 김 식힌 그릇을 나에게 내밀었다. 그러고는 알 듯 모를 듯 이상한 말을 했다.

ㅡ 중깐은 원래 메뉴에는 없던 음식이야. 이걸 시킨다는 건 일반 손님은 모르는 비밀 메뉴를 안다는 거지. 사실 여긴 목포 오거리 건달들의 단골집이었거든.

그 말을 할 때 아버지는 부러 목소리 톤을 낮추기까지 했다. 그러고는 다 지나간 옛일이라며 애매한 표정을 지었다. 나는 그 말을 있는 그대로 믿지 않았다. 다 잊기는커녕 여전히 그 시절에 머물러 있는 사람처럼 보였기 때문이다. 기분이 좋은지 아버지는 주인장을 불러 '난자완스'라는 메뉴를 추가로 주문했다. 처음 들어보는 이름이었다. 나는 연신 검은 면

삼색 고양이를 따라가면

발을 삼키면서도 낯선 음식의 맛을 상상했다. 잠시 후 테이블 위로 투명한 소스를 얹은 고기 요리 한 접시가 놓였다. 나는 괜히 경직되어 찬물을 한 모금 마셨다. 그리고 입을 크게 벌려 고기 한 점을 맛보았다. 난자완스는 몹시 달았다. 게다가 너무 화려해서 우리와는 어울리지 않는 음식이라는 생각이 들었다.

그날 중화식당에서 주문한 음식을 다 먹었던가? 나는 그 것까지는 기억나지 않았다. 그리고 도무지 떠오르지 않는 아버지의 목소리. 자라면서 줄곧 들어왔지만 자꾸만 희미해지는 그 목소리를 기억해내려고 나는 가만히 눈을 감았다. 기억하려 애쓸수록 아버지의 목소리는 점점 더 멀어지기만 했다. 나는 가벼운 현기증을 느끼면서 미간을 찡그렸다.

– 왜요? 중깐이 입에 안 맞아요?

중국집 주인장이 불쑥 말을 걸었다. 나는 그만 이곳을 빠져나가고 싶다는 생각을 했다. 눈에 보이고 손이 닿으며 입 안에 고이는 침까지, 모든 것이 가짜라는 생각이 들자 머리까지 지끈거리며 아파왔다. 나는 젓가락을 내려놓고 서둘러 중국집을 나섰다. 문밖에서 가게를 힐끗 돌아보았다. 어느새 손님들로 가득 찬 내부는 꽤나 분주해 보였다. 그 순간 창가 자리에 앉은 두 사람이 눈에 들어왔다. 중깐 두 그릇을 놓고 마주 앉은 중년의 아버지와 어린 딸의 모습이었다. 두 사람은 입을 꾹 다문 채 오로지 먹기만 했다. 조명 때문인지 아버지의 눈가가 미세하게 떨렸다. 그는 손수건을 꺼내 땀인지 눈물인지 모를 것을 훔쳐내다가 나와 눈이 마주쳤다. 그러고는 어색한 표정을 지어 보였다. 중년의 남자치고는 순진무구한 눈빛이었다. 나도 그를 따라서 어색하게 웃었다. 수미야, 가볍게 살아. 그제야 허공에서 아버지의 목소리가 선명하게 들렸다.

갑자기 굵은 빗방울이 내리치기 시작했다. 비를 피하려 중국집 간판 아래 서 있는데 사라진 삼색 고양이가 어디선가 홀쩍 나타났다. 고양이는 입을 크게 벌리고 가짜 하품을 했다. 이 순간이 어색하거나 지루한 거겠지. 나는 천천히 고양이를 쓰다듬었다. 돌연 하품을 멈춘 고양이가 낮은 소리로 울기 시작했다. 냐- 냐- 간헐적인, 그러나 규칙적인 울음소리였다.

*

삼색 고양이를 따라간 곳은 막 해가 지기 시작한 유달산 입구였다. 아버지는 이 산에 오르지 않고 목포에 왔다고 말할 수 없다고 말했다. 그리 높지 않은 야트막한 산이지만 정상에 오르면 시가지는 물론 목포 앞바다와 주변 섬들까지 한눈에 들어왔다. 나는 그 풍경들이 똑똑히 기억났다. 유달산 입구에 도착했을 때 다행히 비는 그쳐 있었다. 눈을 감고 숨을 깊이

들이마셨다. 산기슭 어딘가에서 상쾌한 흙냄새가 났다. 등을 보이며 돌아앉은 삼색 고양이가 휙 나를 돌아보았다. 사방이 차차 어두워질 때라 고양이의 눈에서 살짝 빛이 났다. 무슨 변덕인지 고양이가 갑자기 몸을 일으키더니 등산로 방향으로 내달렸다. 녀석을 놓칠세라 나도 속도를 냈다. 경사가 완만한 데도 맥박이 점점 빨라지면서 숨이 가빠왔다. 정상으로 향할 수록 나무는 더 무성해졌고 조용한 가운데 비에 젖은 풀냄새가 진동을 했다.

얼마 후 삼색 고양이가 가던 길을 멈췄다. 내려앉은 석양 때문인지 고양이는 한결 차분해 보였다. 마치 할 일을 다 한 것처럼. 이제 어디로 가는 거니? 나는 가방에서 캔을 하나 꺼내 삼색 고양이의 노고를 치하했다. "냐- 냐- 알로." 삼색 고양이가 나를 똑바로 쳐다보며 대답하듯 말했다. 그러고는 캔을 내려놓기 무섭게 정신없이 밥을 먹었다. 고개를 드니 산 너머로 이미 해가 지기 시작했다. 삼색 고양이는 그루밍을 몇 번 하더니 어둠이 내리는 산길을 따라 유유히 사라졌다. 기분 탓일지도 모르지만, 뒷모습에서 어쩐지 쓸쓸함이 묻어났다. 삼색 고양이는 끝내 돌아보지 않았다.

산 중턱을 지나자 '목포의 눈물' 노래비가 보였다. 어디서 흘러나오는 건지, 처연한 노래가 연이어 들려왔다. 하나같이 구슬픈 가락이었는데, 주로 떠나간 사람은 어디로 갔느냐, 거나 헤어진 사람을 그리워하는 식의 노래였다. 나에게는 꽤나 익숙한 노래들이다. 긴 수술 끝에 가까스로 깨어난 아버지의 병실에선 내내 그런 노래들이 흘러나왔다. 아버지는 마취에서 깨어남과 동시에 종이를 가져오라는 손짓을 했고 흐릿한 글씨로 제목 몇 개를 적었다. 목포의 눈물, 목포는 항구다. 목포 연락선……. 제목만 들어도 대충 가사가 짐작 가는 노래들이었다. 나는 스마트폰을 꺼내 유료 음원 서비스를 연결했다. 전주가 시작되자마자 그 노래들은 아버지를 어딘가로 데려갔다.

― 놈들이 찾아내기 전에 나는 이 도시를 뜰 것이야. 서울로 사람 몇을 보내났거든. 자네도 함께 갈 텐가?

아버지는 꼭 다른 사람 같았다. 내가 잘못 봤을지도 모르지만 굉장히 날카로운 청년의 눈빛이었다. 주치의는 아버지의 증상이 수술 후 섬망이라고 했다. 회복되는 데 보통 2주 정도 걸리는데 먼 기억부터 시작해 최근 기억으로 차차 돌아온다는 것이었다. 그날 아버지의 기억이 걷던 시간은 1960년대 목포의 시가지가 아닐까? 어쩌면 떠나 온 이후로 줄곧 그는 돌아가고 싶었는지도 모른다. 나는 병상에 가부좌를 틀고 앉아 눈을 감고 몸을 좌우로 흔드는 아버지를 물끄러미 바라보았다. 신파를 좋아하진 않지만 마음이 이상하게 꿈틀거렸다.

어느새 유달산 정상이다. 여기까지 한달음에 올라왔다. 발

아래 펼쳐진 풍경을 내려다보았다. 감상에 지나지 않겠지만, 아버지와 함께했던 그해 여름의 온도, 습도, 바람까지 생생히 기억이 났다. 경험한 모든 것은 재처럼 사라지지 않고 어딘가에 남겨진다. 산 정상에 올라 시가지를 내려다보면서 아버지는 이런 말을 했다.

– 여름이 끝나버리는 게 슬프구나!

나는 노을이 지는 산 아래 펼쳐진 시가지를 바라보았다. 그 청년은 서울로 가기 전날 단골 양장점에 들러 옷을 맞춰 입고 멋들어진 모자도 하나 샀을 것이다. 그러고는 비스듬히 모자를 얹어 쓰고 시가지를 당당히 걸었을 테지, 자신이 곧 모던보이가 될 거라고 철석같이 믿으면서. 그때 청년의 귀는 예민하게 쫑긋 섰을 것이다. 끝내 모던보이가 되지 못하고 서울에서 택시를 몰던 청년의 귀는 해가 갈수록 아래 방향으로 기울었다. 산 정상에서 불어온 바람 한 자락에 머리카락이 흩날렸다. 이 여름이 끝나면 가을이 오겠지, 아무런 예고나 징조도 없이 아버지가 사라진 것처럼. 나는 가만히 눈을 감았다. 몽상인지 모르겠지만 유달산 상공에 둥실둥실 떠 있는 것처럼 몸이 가벼워졌다. 그리고 문득 누군가에게 안긴 것 같은 기분이 들었다.

*

다음 날 아침, 눈을 감은 채로 잠에서 깼다. 문밖에서 기침 소리가 두어 번 났다.

— 벌써 정오가 지났어요. 너무 곤히 자서 깨우기도 그러네.

문을 열자 노부인이 호기심 가득한 얼굴로 서 있었다. 나의 시선이 아래로 향했다. 노부인 옆에 삼색 고양이가 등을 보이고 앉아 있다. 마치 아무 일도 없었다는 듯이.

— 이렇게 불쑥불쑥 올라온다니까. 어떡하겠어요, 쫓아버리기엔 너무 가엾잖아요.

어색함이 흐르는 중에 휴대전화가 울렸다. 남편의 전화다. 진동음 때문인지 삼색 고양이의 귀가 예민하게 쫑긋 섰다. 나는 전화를 받을까 말까 잠시 고민하다 끝내 받지 않았다. 시간이 모든 것을 해결해주지는 않겠지만 그것 외에는 달리 생각나는 방법이 없었다. 그쯤에서 전화가 끊겼고 방 안에는 무거운 침묵이 남았다.

나는 삼색 고양이에게 눈을 떼지 않고 다가갔다. 섬세한 손길로 녀석의 목덜미에서 등까지 천천히 쓰다듬었다. 아찔할 만큼 부드러운 감촉이다. 나는 후우, 안도의 한숨을 내쉬었다. 노부인이 삼색 고양이의 옆구리를 잡고는 휙 들어 올렸다. 냐-냐- 고양이는 몸을 비틀며 빠져나가려고 애를 썼다. 노부인이 황급히 문을 닫고 나갔다. 고양이의 울음소리는 한동안 길게 이어졌다. 노부인의 손을 벗어나면 고양이는 다시 누군가를 만나러 어디로든 가겠지. 아니, 어쩌면 그쪽에서 고양이를 부르는 건지도. 나는 슬슬 짐을 꾸려야겠다는 생각을 했다. 어디로 갈지는 아직 정하지 않았다. 그저 가방을 끌어안은 채로 아버지가 목포를 떠날 때 어떤 마음이었을지 막연히 그려보기만 했다. 그러고 보니 고양이에게도 인사를 하지 못했다. 스윽 닫혔던 문을 열자 아침 햇살이 내려앉은 복도가 드러났다. 냐- 냐- 알로? 나는 고양이의 울음소리를 따라 해보았다. 그러자 복도 끝에 몸을 둥글게 만 무언가가 웅크려 있는 것이 희미하게 보였다. 너, 괜찮은 거지? 나는 무심코 중얼거리며 미소를 머금었다. 인생 두 번째로 찾아온 목포에서 조금 안도하는 자신을 만난 것처럼. 그곳에 가면 잃어버린 누군가를 다시 만날 수 있을까? 삼색 고양이를 따라가면.

긴 코와 미스김라일락*

강병웅

강병융(Byoung Yoong Kang)

서울에서 태어나 2013년부터 슬로베니
아 류블랴나에 살고 있으며, 류블랴나
대학교 아시아학과 교수로 재직 중이
다. 소설 《손가락이 간질간질》《여러분,
이거 다 거짓말인 거 아시죠?》《나는
빅또르 최다》《Y씨의 거세에 관한 잡스
러운 기록지》, 에세이 《아내를 닮은 도
시》《도시를 걷는 문장들》《문학이 사
라진다니 더 쓰고 싶다》 등을 썼다.

---

* 읽기 싫은 분들은 평소처럼 가로 방향으로 읽지 마시고,
   어색하겠지만 한 챕터만 세로 방향으로 읽어보세요.
   주제까지 제대로 파악하기는 어렵겠지만,
   세세한 내용까지는 알 수 없겠지만,
   요지 정도는 대충 알 수 있어요.

Bille 1: think you're so criminal**

목표도 없이 축 늘어져 라면만 끓여 먹던 시절.
포기라는 말도 어색했던, 그토록 처량했던 시절.
에그롤 스낵처럼 단단하게 돌돌 말려 지내던 시절.
가볍게 지나칠 일들도 무겁게만 생각했던 시절.
면도도, 이발도, 코털 제거도 멀리하고 살던 시절.

대한민국을 떠나 긴 세월 외국에서 공부하고 온 그는.

**   Billie Eilish의 〈bad guy〉 중에서.

단 한 번도 제대로 된 삶을 생각한 적이 없었던 그는.
한국의 삶도, 한국 밖의 삶도 어색하기만 했던 그는.
일상이 싫어서 최대한 하루를 늦게 시작하려 했던 그는.
이상하리만큼 식물에 집착하며, 라면을 자주 먹던 그.

생각 없이 라면을 먹으며, 책이나 읽던 그런 삶.
길고 슬픈 이야기를 쓴 에드몽 로스탕이 전부였던 삶.
지나치게 단순하게 살았던, 읽고, 읽고 또 읽던 삶.
몰이해가 편했던 시간, 세상을 이해하기 싫었던 삶.
라면이나 끓여 먹으며, 화초를 돌보며 보냈던 삶.

상상외로 금세 하루 86,400초가 지났다.
상상보다 빨리 하루가 지났고, 일주일도 금방 갔다.
도무지 올 것 같지 않았던 첫눈도, 연말도 금세 왔다.
못 이룬 것투성인데, 그해가 어둡게 져버렸다.
한 해가 지고, 새해가 밝았고, 다시 여름이 되었다.

대단한 것 없던 보통의 여름날, 비가 내렸던 기억.
단 하루도 빠짐없이 일주일 내내 라면만 먹었던 기억.
한가한 양 누워 '시라노 드베르주라크'를 생각했던 기억.
일상을 언제나 식물들과 함께했던 기억.

긴 코와 미스김라일락

이상하리만큼 전화벨이 커서 피할 수 없던 기억.

생각지도 못했는데, 전화를 건 사람은 그의 엄마였고.
길게 뜸을 들인 후, 엄마는 흔한 안부를 물었고.
수동적으로 대꾸하던 그는 뭔가 다름을 느꼈고.
있을 법하지 않은 간절함이 엄마로부터 전해졌고.
어쩐지 어색하고 미안한 톤으로 엄마는 부탁했고.

Dua 1 : I'm not the man they think I am at home*

기차가 플랫폼으로 들어온다. 노이즈 캔슬링을 캔슬시켜
버리는 굉음을 내며 플랫폼으로 들어온다. 기차는 그렇다. 높
이가 아닌 길이와 속도와 소리로 웅장미를 준다. 그 앞에 서
면 더욱 추해지고 작아지는 기분이 든다. 그래서 그 웅장함
안으로 어서 들어가 하나가 되어버리고 싶게 한다. 비교를 할
수 없도록, 그 대상 안으로 사라져버리는, 숨어버리는 것이 낫
다는 생각이 들게 한다. 기차는 그렇다.

옆자리인 복도 측에 아무도 앉지 않길 간절히 바라며 창
측에 앉아 코를 차창에 묻는다. 9시 46분이 되자, 차창 밖 풍

---

*   Elton John과 Dua Lipa의 〈Cold Heart〉 중에서.

경이 천천히 움직인다. 영등포역을 떠난 기차는 4시간 54분 후에 목포역에 도착할 예정이다. 밖은 아침부터 무덥지만, 객차 안 공기는 과하게 차다. 차가운 공기는 살며시 아래로 가라앉는다. 바닥의 먼지 송이들이 찬 공기를 머금고 스멀스멀 위로 상승한다. 그리고 코끝을 다소 불쾌하게 자극한다. 불쾌함이 긴 코를 타고 올라온다. 코끝이 찌릿찌릿해진다. 몸이 살짝 뒤틀리면서 재채기가 나오려 한다. 코가 파르르 떨린다. 어금니를 꽉 깨문다. 양팔에 닭살이 돋는다. 아무리 애를 쓰고 참아보려 해도 되지 않는 것들이 있다. 참다 참다 터진 것들이 다 그렇듯, 꽉 다문 입을 통해 터져 나온 재채기는 지나치게 과하다. 재채기답지 않게 기괴한, 꽤 비정상적인 콧소리를 내며 입 밖으로 터져 나온다. 키우라! '키'는 크고 높은 톤으로, '우'는 짧게, '라'는 들릴 듯 말 듯 하게. 재빨리 입을 닫아보지만, 코는 닫을 수 없다. 비정상적인 재채기는 객차 곳곳으로 퍼진다. 사람들이 재채기에 불편한 표정을 보이진 않지만, 나는 그들의 불편함이 느껴진다. 그렇게 객차 안 차가운 공기와 타인들의 불편함과 나의 미안함을 싣고 기차는 움직인다. 목포행이 시작된다.

서울을 벗어나는 기차, 그 안에서 서울을 벗어난 옛 기억을 떠올린다. 10년 전, 그러니까 유학을 떠나기 전, 할아버지께 인사를 드리러 대구에 간 적이 있다. 그 후로 대한민국 안에선 서

　　　긴 코와 미스김라일락

울 밖으로 나간 적이 없다. 외국에서 산 적은 있었지만.

그해, 한여름의 대구는 더웠다. 대구가 대한민국 더위를 상징했던 시절이 있었다. 그 시절 대구. 할아버지의 집이 있던 평리동의 좁고 답답한 골목들은 흑백사진 속 풍경처럼 비현실적이었다. 골목을 걷던 사람들은 급한 일과는 담을 쌓은 듯, 천천히 움직였다. 그들 사이로 나는 고개를 숙인 채 골목 하나하나를 통과해야 했고, 적당한 거리 두기를 위해 그들의 템포에 맞춰 걷다가 골목 모퉁이를 몇 차례 돌아야 했다. 지금은 사라져버린 작고 허름한 단독주택의 안방에 할아버지가 홀로 앉아 계셨다. 마치 내가 도착할 시간을 정확히 알고 계셨던 것처럼 그야말로 점잖게 앉아 기다리고 계셨다. 할아버지는 많이 움직이시지도, 말씀을 많이 하시지도 않는 분이었다. 당신이 직접 작명하신 내 이름도 잘 부르시지 않았다. 대신 할아버지의 코를 만지면 내가 달려가야 했다. 이건 내가 어렸을 적부터 할아버지와 했던 오랜 약속이었다. 할아버지는 내 이름을 부르시진 않았지만, 내 코를 좋아하셨다. 나는 할아버지가 코를 통해 나를 부르는 것을 좋아했다. 언젠가 할아버지께 왜 내 이름은 부르지 않으시냐고 묻자, 할아버지는 이름이 너무 어려워서라고 하셨다. 세상의 많은 사람이, 심지어 내가 좋아하는 사람들도 자신이 한 일에 대해 책임지지 않고 산다는 것을 아주 어렸을 때, 할아버지를 통해 이미 배웠다. 하지만 할아버지는 적어도 내게 늘 솔직하셨다. 솔직함은 많은 경우, 용서의 이유가 된다는 사실도 어린 시절 할아버지를 통해 알게 되었다. 나는 그런 할아버지께 곧 유학을 떠날 거라 했다. 할아버지는 내 앞에 딱 한 마디를 내려놓으셨다. 정말로 문장이 방바닥에 살포시 내려앉는 느낌이었다. 그 말씀은 꽤 오래 준비된 후 입 밖으로 나온 것 같았다.

– 포기하여도 괜찮다!

포기'해도'가 아니었다. 분명히 포기'하여도'였다. '해' 대신 사용된 '하여'에서 할아버지의 진지한 준비가 느껴졌다. 당시에는 '포기'와 '괜찮음'이 어색한 조합인 것 같았는데, 지금 생각하면, 이 역시 준비된, 사실 세상에서 가장 흔하고, 꽤 그럴듯한 조합이다. 할아버지의 말씀대로 나는 '괜찮'게 되었다. 모두의 예상대로 적당히 버티다 유학을 포기해버렸다. 할아버지는 충고 혹은 일종의 예언과 함께 용돈을 주셨다. 5만 원이었다. 꽤 큰돈이었다. 외국에서는 한국 라면 한 그릇도 비싸다고 하더라, 라면 먹고 싶을 때 한 끼 사 먹어라. 외국에는 라면보다 더 맛있는 것도 많다는 말은 하지 못한 채, 주신 돈만 챙겼다. 종국에 할아버지가 주신 돈으로 라면을 사 먹진 못했다. 집에 도착하기도 전에 돈이 사라져버렸기 때문이다. 서대구 버스 터미널 화장실에서 코를 풀고 있을 때, 만난 중학생들이 내 코를 보고 극도로 "추접"다면서, 맞기 싫으면 돈을 달라고 했다. 맞기 싫었던 나는 할아버지께 받은 돈을 학생들에게 내주면서 생각했다. '추접'이 무슨 뜻인지 몰랐지만, 결국 못난 코 때문에 이렇게 돈을 써야 하는구나. 할아버지께 무척 미안했다. 그러나 다른 한편으로는 버스표는 빼앗기지 않아서 다행이며, 이제 이 나라를 떠나면 이런 일도 당하지 않을 테니 또 다행이라고 생각했다. 물론, 큰 착각이었다. 내 코에 관한 '추접'은 시대와 장소를 초월한 개념이었다. 그때까지 나의 코가 서양인들의 코와 비슷한 크기 혹은 커봐야 조금 큰 정도일 테니 서양에서는 내 코가 큰 문제가 되지 않을 거라 믿었다. 사실, 길이나 크기만의 문제는 아니었다. 그쪽 사람들은 남의 일에는 큰 관심이 없고, '다름'을 존중하는 분위기가 있다고 들었다. 하지만, 모든 것이 '정도'의 문제라는 것을 그때는 몰랐었다. 하지만 나의 코가 정상적인 크기와 모양이었더라도 유학에 성공하지 못했을 것이 분명하다. 어찌 되었든, 유학의 성패는 '코'가 아닌 노력에 달린 문제이니.

기차가 서대전역에 선다. 매번 기차가 설 때마다 긴장이 된다. 기차가 서대전역에 서자 그 긴장감이 더 진하고 깊어진다. 다른 역에서보다 기차를 타는 사람들이 더 많기 때문이다. 여기저기서 웅성댄다. 사람들이 객실 안으로 급하게 들어오는 소리가 들린다. 창밖을 보고 있는 척하지만, 고개만 창을 향할 뿐 신경은 온통 객차 안으로 쏠려 있다. 볼륨을 낮춘다. 사람들이 한둘씩 자리를 찾아 앉는다. 기차가 천천히 움직이자, 서서히 긴장감이 안도감으로 치환된다. 안도감이 100퍼센트가 되기 직전, 누가 내 옆에 앉는다. 나는 고개를 돌리지 않고, 차창을 바라본다. 순간, 숨소리가 나지 않는다. 숨이 멈춘 것이 아니라, 코에 힘을 꽉 주고 숨을 참는 것이다. 숨을 참고 있으면, 내 코가 조금이나마 작게 보일지도 모른다는 오래된 착각. 숨을 참자, 코끝이 찌릿찌릿해진다. 몸이 살짝 뒤틀리며 재채기가 나오려 한다. 어금니를 있는 힘껏 꽉 깨문다. 양팔에 닭살이 돋는다. 아무리 애를 쓰고 참아보려 해도 되지 않는 것들이 있다. 다시, 키우라! 재채기와 함께 커다란 코가 휘청 움직이며, 차장을 힘껏 내려친다. 콧구멍 밖으로 분비물이 흩날린다. 보지 않아도, 옆자리 사람의 놀란 표정이 뚜렷하게 보인다.

Bille 2: When I'm away from you I'm happier than ever[*]

엄마의 입에서 나온 놀랍도록 생경했던 그 말.

---

[*]   Billie Eilish의 〈Happier Than Ever〉 중에서.

마치 작심한 듯, 하지만 간신히 꺼낸 엄마의 말.
가장 멋진 아들은 꼭 좋은 사람을 만나야 한다는 말.
한참 머뭇거리다 엄마가 여자를 소개해주겠다고 한 말.
부족한 아들을 제대로 파악 못 해 내뱉었던 엄마의 말.
탁상공론으로 끝내고 싶었지만 그럴 수는 없었던 말.

평소와 달리 간절함이 절절한 엄마를 무시할 수 없었다.
소설만 읽는, 코끼리 코의 남자를 좋아할 여자는 없다.
같은 값이라면, '코'라도 정상적인 사람이어야 한다고 했다.
지저분하게 콧물 흘리는 사람은 괜찮을 수 없다고 했다.
않다고, 절대 괜찮지 않다고 해도 엄마는 괜찮다고만 했다.
아들은 엄마의 간절한 '소개팅' 제안을 거절할 수 없었다.

거북한 코가 부끄러워 사람들을 피했던 어린 시절 경험.
부족한 부분을 문학으로 채우겠다며 한 유학 경험.
할 말도 못 하고, 코를 가리기에 급급했던 삶의 경험.
수도 없이 사람들을 만나고 싶었지만 그러지 못했던 경험.
없었던 자신감이, 더 사라져 식물에 유달리 집착했던 경험.
다른 사람들과 다르다는 것을 온전히 느낀 최근 경험.

간절한 목소리로 엄마는 우리 아들이 최고라 했다.

절대 웃으면 안 되는 순간, 그는 피식 코웃음을 쳤다.
한숨이 나왔으면 나왔을 순간, 그는 피식 웃고 말았다.
목 안에서 할 말들이 맴돌고 있었지만, 내뱉지 못했다.
소리를 낮춰 그저 한마디 던졌다. 만나보겠다고 했다.
'리얼리티'라고는 하나 없는 톤으로 소개팅을 수락했다.

누구냐고 묻기도 전, 엄마가 던진 한마디는 목포.
군산을 지나, 광주보다 더 남쪽에 있는 바로 그 목포.
가본 적도 없었던 곳, 소개팅을 위해 가야 할 곳, 목포.
만날 사람만큼이나 관심을 묘하게 끌었던 장소, 목포.
나중은 생각 말고, 일단 만나보라며 엄마가 가라고 한 목포.
'라일락' 카페, 소개팅 장소가 있는 바로 그 도시가 목포.

어머니는 목포에 가서 김 씨 여성을 만나라고 했다.
느낌이 썩 좋지 않았지만, 가야 한다는 걸 직감했다.
도대체 누가 자신을 좋아할 수 있다는 건지 몰랐다.
시도가 무의미한 일인데, 거절할 이유가 떠오르지 않았다.
로마에서 피렌체에 가는 것보다 먼 거리를 가야 했다.
가려고 하니, 서울에서 목포는 생각보다 너무나 멀었다.

꼭 만나야 한다니 초라한 자신의 모습에 슬픈 마음은.

긴 코와 미스김라일락

만나달라고 부탁하는 엄마의 간절함에 죄송한 마음은.

나중 일이 걱정이지만, 엄말 생각하니 피할 길 없는 마음은.

고민 끝에 목포까지 가겠다고 한 뒤, 가려니 귀찮은 마음은.

와달라고 하면 어떨까, 서울에서 만나고 싶은 게으른 마음은.

라면이나 하나 더 끓여 먹고 눕고 싶은 자포자기의 마음.

Dua 2: I'm not where you left me at all, so[*]

서대전에서 잠시 옆자리에 앉으려 했던 사람은 "디럽다"라는 말을 남기고 옆자리가 아닌, 다른 칸으로 옮긴다. 나는 볼륨을 높인다. 잠시 '디러움'에 대해 생각한다.

유학 1일 차, 외국에 도착했던 바로 첫날, 어두침침한 공항에서 입국 심사를 기다리고 있던 때를 기억한다. 앞뒤로 사람들이 많았지만, 아무도 내게 관심을 두지 않았다. 내가 예상하고 원했던 바로 그 분위기였다. 적당한 긴장감을 유발하는, 차가운 기운이 공항 전체를 맴돌았다. 조도가 낮은 탓에 내 코가 다른 사람들에게 잘 보이지 않는 것일지 모른다는 착

---

[*]   Dua Lipa의 〈Don't Start Now〉 중에서.

각도 했다. 긴 코가 짧아진 것 같은 느낌마저 들었다. 사람들은 저마다의 언어로, 저마다의 관심사에 대해 떠들고 있었다. 다들 다소 들떠 있는 모습이었고, 우호적인 눈빛을 주고받는 것 같았다. 부모님 손을 꼭 잡은 아이들도 여럿 보였다. 나는 그 안에서 잠시나마 편안함을 느꼈다. 특별하고 묘한 감정이었다. 순조로운 출발이라는 믿음으로 입국 심사대 앞에 섰다. 입국 심사관은 내 얼굴을 보지도 않고, 어디서 왔냐고 물었고, 나는 대한민국이라고 대답했다. 심사관은 고개를 들면서, 입국 목적을 물었다. 입 냄새가 심했다. 음식 냄새 같았는데, 상한 음식에서 나는 악취보다도 강렬했다. 시큼함이 홍어나 김치의 그것과는 차원이 달랐다. 역겨울 만큼 시큼했다. 시큼하고 역겨웠다. 상한 음식을 먹고, 탈이 난 사람의 구토에서나 이런 냄새가 날 것 같았다. 통제가 불가한 일이 발생하면, 몸이 언제나 머리보다 빠르다. 찬 공기와 몹시도 역겨운 냄새가 동시에 내 코를 깊게 찔렀다. 코끝이 순식간에 몹시 찌릿찌릿해졌다. 몸이 살짝 뒤틀리면서 재채기가 나오려 했다. 어금니를 있는 힘껏 꽉 깨물었다. 양팔에 닭살이 돋았고, 털들이 섰다. 애를 쓰고 참아보려 했지만, 재채기가 크게 나와버리고 말았다. 긴 코가 출렁이며, 심사대 창을 힘껏 때렸다. 쿵 소리가 나자, 아이들이 소리를 질렀다. 코끝에서 콧물 줄기가 치즈처럼 쭉 늘어져 나왔다. 그것을 본 심사관은 놀랐다. 놀라서 입

긴 코와 미스김라일락

을 벌렸고, 그래서 악취가 더 났고, 내 코는 더 자극이 되었고, 부모의 손을 잡고 있던 아이들이 소리를 더 크게 질렀고, 저마다의 관심사에 대해 떠들던 모든 이들의 관심사가 내가 되었다. 그리고 모두 같은 언어로 소리를 질렀다. 캭! 모두 내게 적대적인 눈빛을 보내고 있었다. 심사관과 나의 눈이 동시에 동그랗게 커졌다. 심사관은 손을 입으로 가져갔다. 그리고 욱, 소리와 함께 토했다. 손가락 틈으로 구토물이 질질 흘러내렸다. 사람들이 고개를 돌렸다. 공항 경찰이 심사대로 달려왔다.

'디러움'. 그때, 심사관 혹은 내가 또는 우리가 함께 느꼈던 그것, 어쩌면 내가 항상 소지하고 있는 무엇. 당시에는 입국 심사대를 통과하면, 어떤 새로운 희망의 빛이 보일 것이라는 믿음에 기댄 착각으로 그 '디러움'을 견뎌냈다.

기차는 광주를 지난다. 차창 밖으로 빛이 스친다. 그 빛을 보고, 오래된 '디러움', 또 최근의 '디러움', 그간의 모든 '디러움'을 잊는다. 내게 다가온 오후의 첫 햇살, 객차의 차가운 공기를 적당히 데울 정도로 따사롭다. 햇살이 코 위에 살포시 내려앉는다. 눈이 절로 감긴다. 기차의 규칙적인 덜컹거림이 마음을 편하게 한다. 기차가 터널 안으로 들어가자, 더욱 마음이 편해진다. 편안하고 몽롱한 상태로 나주에 도착한다. 엄마와 아이가 대화하는 소리가 들린다. 다행스럽게 모자는 내 옆

에 앉지 않는다. 아이의 목소리가 귀엽다. 그 소리에 나도 모
르게 아이를 향해 고개를 돌리고 만다. 아이가 내 코에 눈길
을 주는 순간, 귀엽던 목소리가 일순간에 괴성으로 변할 것을
뻔히 알면서도 고개가 돌아가는 것을 막지 못한다. 다시 창으
로 고개를 돌려서 늦게나마 아이의 시선을 피하려는데, 소리
가 들린다. 아이의 웃음소리가 들린다. 비웃음이 아닌 호감의
웃음소리가 들려온다. 괴성을 받아들일 준비가 되었던 나는
천진한 웃음소리에 더 놀란다. 아이가 웃고 있다. 소리까지 내
서 웃고 있다. 박수까지 치며 웃고 있다. 이어폰을 살짝 뽑고
아이의 웃음소리를 감상한다.

　기차가 다시 기분 좋을 정도로 규칙적으로 덜컹거리고, 오
후의 햇살이 포근하게 객차 안에 가라앉아 있으며, 내 앞에
아이가 내 코를 보고 환하게 웃고 있는데, 심지어 아이의 엄
마가 내게 눈인사까지 한다. 코끝이 순식간에 찌릿찌릿해진
다. 몸이 살짝 뒤틀리며 코끝이 쩡하다. 어금니를 있는 힘껏
꽉 깨문다. 양팔에 닭살이 돋고, 애를 쓰고 참아보려 했지만,
눈물 한 방울이, 딱 한 방울이 또르르 초라하지 않게 얼굴을
타고 흘러내린다.

Bille 3: i laugh alone like nothing's wrong[*]

갈 생각을 하니 그는 미안함을 감내할 자신이 없었다.
용기를 내서 고백한 적이, 그는 단 한 번도 없었다.
기가 늘 죽어 있었는데, 그건 모두 긴 코에서 기인했다.
가진 것도 없었다, 외모도, 내면도 모든 것이 부족했다.
없는 것투성이인 자신을 보여주는 것이 죄라 생각했다.
고백은 물론이고, 먼저 말을 걸어본 적도 거의 없었다.
또 식물에게만 말을 거는 그저 코가 긴 사람이었다.

만났던 사람들은 어찌 되었든 그를 피해서.
나지막이 앵앵거리는 목소리를 만드는 코가 창피해서.
서 있기만 해도 축 늘어져 더 길어 보이는 코가 싫어서.
무슨 털이 징그럽게 코 밖으로 삐져나와 괴수 같아서.
슨 것 같은, 곰팡이가 슨 것같이 코 위가 흉물스러워서.
말도 제대로 못 하고, 코가 무거워 시선 처리도 못 해서.
을씨년스러운 분위기로 상대에게 항상 혐오감을 줘서.

해가 바뀌어도 사람들은 한 가지 이유로 그를 피했고.

---
[*]   Billie Eilish의 〈wish you were gay〉 중에서.

강병융   101

야무진 구석이 없었던 그는 따지지도 못했고.

할 말, 못할 말을 막 하며 다들 그를 심하게 조롱했고.

지랄같이 못생겼다, 징그러워 죽겠다는 말까지 했고.

도저히 같이 있지 못할 만큼 역겹다고도 했고.

무조건 꺼지라며, 코끼리는 인간과 다르다고도 했고.

지겨운 외모와 구린 콧소리가 질린다는 사람도 있었고.

생각 없이 뱉는 사람들의 말 앞에서 미안해했던 그.

각자 다른 것이 개성임을 모르고 늘 고개만 숙였던 그.

이 세상에 긴 코로 등장하는 것이 민폐라 생각했던 그.

나갈 때마다 모두에게 피해를 줬다고 믿었던 그.

지나다가 만난 이웃들에게도 죄송하며 고개 숙였던 그.

않다고, 절대 보고 싶지 않다고 말한 사람들을 피했던 그.

고개를 너무 숙이고 다녀서 목 통증을 달고 살았던 그.

목포, 그런 그가 누굴 만나러 거기까지 가기로 했다.

목포, 그 어색한 도시의 이름을 소리 내러 불러보았다.

목포, '목'이라고 할 때, 콧가의 공기가 입 안으로 들어왔다.

목포, '포'라고 할 때는 모였던 공기가 길게 멀리 퍼졌다.

목포, 목포, 목포, 목포, 목포. 그는 여러 번 되뇄다.

목포를, 코를 앞으로 쭉 내밀어 여러 차례 외쳐보았다.

긴 코와 미스김라일락

목포는 안에 머물다 밖으로 쭉 뻗어나가는 느낌을 줬다.

그렇게 목포를 몇 차례 나지막이 또 크게도 외쳐보았다.

그리고 낮은 목소리로 엄마에게 만나보겠다고 했다.

그 순간, 소개팅하겠다고 말해버린 자신이 영 어색했다.

그 말을 들은 엄마는 멀리서 해맑게 웃으셨다.

그는 엄마의 마지막 웃음이 언제였는지 기억나지 않았다.

그리고, 목포까지 가서 김 씨를 만날 결심을 진짜 했다.

그렇게 엄마와 전화를 끊고, 표를 사기 위해 집을 나섰다.

포만감에 졸음이 밀려오기 전, 그가 탄 지하철.

만나러 가기 위해 기차표를 사려고 그가 탄 지하철.

머리를 돌려 그의 코를 피하는 승객들을 내려준 지하철.

리얼하게 코에 대한 혐오를 표현한 사람들을 내려준 지하철.

에어컨의 찬 공기와 그의 차가워진 가슴을 실은 지하철.

남구로역, 신도림역을 지나 영등포역에 도착한 지하철.

아주 붐비는 플랫폼에 긴 코의 그를 남기고 사라진 지하철.

결국 그는 모두가 플랫폼을 떠날 때까지 홀로 서 있었다.

국철은 영등포역을 떠나 신길역 방향으로 사라졌다.

목을 좌우로 돌려 주변을 살피며, 기차표 매표소를 찾았다.
포효하는 사람들 사이에 멀리 매표소가 작게 보였다.
에너지가 하나도 없는 콧소리로 그는 목포라 말했다.
갔던 사람이 다시 돌아와 대구를 외치며 새치기했다.
다시 콧소리를 빼고 더 간절히 목포를 외쳐 표를 샀다.

Dua 3: I see the moon[*]

- 혹시 강병융 씨세요?

내 이름을 정확하게 발음하는 사람을 정말 오래간만에 본
다. 목련차를 주전자에서 찻잔에 따르다가 살짝 놀란다. 이응
받침은 한국에서도, 외국에서도 쉽지 않은 발음이다. 이름을
지어주신 할아버지도 제대로 발음하지 못하셨던 이름이다.
유학했던 나라에는 아예 '이응' 받침에 해당하는 발음이 없다.
따르던 차를 멈추고, 낮은 목소리로 인사를 한다. 그리고 잠시
일어난다. 고개도 제대로 들지 못한 채, 내 이름이 맞는다는
뜻으로 고개를 끄덕인다. 그리고 탁자 맞은편 의자를 살짝 뺀
다. 나도, 상대도 수줍게 웃는다. 상대가 거기 앉는다. 목련차
의 달콤한 향이 우리 둘을 과하지 않게 살포시 감싼다. 목련

---

[*] Dua Lipa의 〈Be the One〉 중에서.

의 꽃말은 숭고함이다.

목포는 처음부터 달랐다. 어쩌면 그 '다름'은 광주부터 혹은 나주부터 시작되었는지도 모르겠다.

정확히 오후 2시 40분에 목포에 도착했다. 처음 본 목포역 광장은 낯설지 않았다. 로데오 광장도 이름만큼 친근했다. 당연히 낯설어야 할, 처음 본 풍경이 익숙했다. 하지만 사람들의 눈빛은 영 낯설었다. 언제나, 어디서나 나를 본 순간, 사람들이 보냈던 불쾌하다, 무섭다, 징그럽다, 와 같은 메시지가 담긴 시선을 찾기 어려웠다. 익숙하지 않은 '익숙함과 생경함'이 뒤섞인 감정을 품고, 약속 장소로 향했다. 약속 시간은 4시, 시간이 넉넉했지만 나는 서둘러 약속 장소로 발길을 옮겼다. 어머니는 분명히 "라일락" 카페라고 하셨지만, 목포에 그런 곳은 없었다. 대신 '미스김라일락'이라는 카페가 있었다. 라일락과 미스김라일락은 엄연히 다르다. 라일락도 아름다운 꽃이고, 미스김라일락도 아름다운 꽃이지만, 후자는 만들어진 꽃이다. 나는 그 '만들어짐'이 좋다. 미스김라일락은 1947년에 미국 적십자 소속으로 한국에 왔던 식물 채집가 엘윈 M. 미더가 만든 종이다. 그는 북한산 백운대에서 털개회나무 종자를 채취한 뒤, 이를 미국으로 가져가 개량했다. 개량종을 만든 뒤, 거기에 '미스김라일락(Miss Kim Lilac)'이라는 재미있는 이름을 붙인 것이다. 그 당시 수집한 식물들에 관한 자료 정리를 도와줬던 한국인 타자원의 성을 딴 이름이다. 원래 존재하던 무언가에 새로움을 더해, 새롭게 태어날 수 있게 이름을 붙여준 것이다. 하지만, 근원을 간직할 수 있도록 '라일락'이라는 뿌리는 이름 속에 그대로 둔 것이다. 그리고 그 이름에 고마움까지 담았다. 사랑스럽지 않을 수 없다. 그래서 내가 가야 할 곳이 '라일락'이 아닌, '미스김라일락'이라는 사실을 알았을 때, 마음이 따뜻해졌다.

– 미스김라일락에 온 미스 김입니다.

미스김라일락에서 미스 김을 만난다. 김은 자리에 앉아 웃으며 자신을 소개한다. 웃음소리에 나는 슬며시 고개를 들어본다. 김은 여전히 나를 보며 웃고 있다. 코 위에 살포시 내려앉은 햇살이 기분 좋게 코를 간질인다. 나는 숨을 참지 않는다. 대신, 마음속으로 길게 목포를 외친다. '목'이라고 할 때, 콧가의 공기와 목련향과 김의 기운이 입 안으로 빨려 들어온다. '포'라고 할 때 내 입 안에 살짝 모여 있던 기운들이 길게 앞으로 퍼진다. 그 기운이 닿을 거리에 김이 웃으며 앉아 있다. 심지어 여전히 나를 보며 웃고 있다. 김은 나의 코가 아닌, 두 눈을 보고 있다. 김의 시선에 취해, 나는 떠든다. 영등포에서 목포까지 오면서 겪은 것들, 영등포에서 목포까지 오기 전 있었던 일들, 그리고 예전에 있었던 이런저런 사건들을 이유도 없이, 두서도 없이 말한다. 관계에 있어 시간과 친근함은 비례하지 않는다. 목포에서 서울로 돌아간 후 우리의 관계를 어떻게 하면 좋을지에 대한 얘기를 하려는데, 명치 끝이 순식간에 쓰리다. 몸이 살짝 뒤틀리며 배가 움직인다. 어금니를 있는 힘껏 꽉 깨문다. 양팔에 닭살이 돋았고, 애를 쓰고 참아보려 하지만, 그게 될 리가 없다. 꼬르륵 소리가 평소 재채기 소리만큼 크게 뱃속에서 울린다. 김은 소리를 내어 웃는다. 웃음이 귀엽다. 김은 되려 나의 '꼬르륵'을 '귀여운' 허기라고 정의해준다. '귀여운' 허기를 달래기 위해 무엇을 먹자고 하자, 나는 머릿속에 라면이 떠오른다. 하지만 김은 라면이 아닌 다른 면을 제안한다. 나는 고개를 끄덕인다. 그러면서 귀여움에 관해 생각한다.

평소 같으면 덜렁덜렁 거세게 움직였을 코가 가볍게 찰랑찰랑 움직인다. 부끄럽거나 어색하지 않게. 이 어색하지 않음을 오래 간직하고 싶다. 가능한 한 오래, 오래, 오래.

Ed 1: Darling, just dive right in[*]

밤 9시 52분 목포발 용산행 열차가 출발한다. 입 안에는

---

[*]   Ed Sheeran의 〈Perfect〉 중에서.

아직 짜장 향이 그득하다. 짜서 조갈증을 유발하는 텁텁한 냄새가 아닌, 깊은 짜장의 풍미를 느낄 수 있는, 벌써 그리워 다시 군침을 만드는 향이다. 우리가 함께 먹었던 시간을 담고 있는 향. 그 향을 소중히 입 안에 품고 상경을 한다.

두 눈을 마주 보며 이야기할 수 있는 사람을 만났다는 행복이 너무나도 크지만, 사실 행복보다 불안감이 더 크다. 지속될 수 없는 행복은 불행의 시작일 뿐일 테니. 밖은 꽤 어둡다.

기차가 나주를 지난다. 아무런 빛이 없다. 창밖은 칠흑과도 같다. 시꺼먼 차창만 바라보진 않는다. 객차 안을 살필 여유가 생긴다. 목포에서 멀어질수록 정의하기 싫은 혹은 어려운 불안감이 커진다. 미스 김은 다시 만날 날을 정확히 기약해주지 않았고, 다만 다음에도 중화루에서 '중깐'을 먹으며, '귀여운' 허기를 달래자고 했기 때문일지도 모른다. 기약 없는 '다음'은 과거보다도 무의미한 시간인 경우가 많다. '다음'은 언제나 가장 불안하고 불완전한 시간이다.

하향선 무궁화호와는 달리, 상행선 KTX는 빠르다. 김과 멀어지는 속도도 그만큼 빠르다. 대전을 지날 무렵, 나는 다시 차창에 코를 박고 조용히 아무것도 보이지 않는 창밖만 바라본다. 노이즈 캔슬링을 켜고, 듣고 있던 노래의 볼륨을 올린다. 입 안에서 맴돌던 짜장의 향, 우리 둘을 감쌌던 목련 향도

환상처럼 느껴진다. 목표도 없이 축 늘어져 라면만 끓여 먹던 시절로 빠르게 돌아가는 기분이 든다.

기차가 용산역에 도착한다. 자정이 넘었지만, 용산역에는 생각보다 사람이 많다. 나는 고개를 숙이고 걷는다. 힘없이 축 늘어진 코를 보면서 택시를 잡아야겠다는 생각을 한다.

내가 어디를 다녀왔더라. 목포. '목'이라고 할 때, 콧가의 공기가 입 안으로 들어온다. '포'라고 할 때는 모였던 공기가 길게 멀리 퍼진다. '목포'는 다르지 않다. 그 순간, 미스 김에게 문자가 온다.

– 병용 씨, 서울에 잘 도착하셨어요?

"병용 씨", 문자에서 미스 김의 목소리가 들린다. 여름 밤 바람이 코끝을 상쾌하게 자극한다. 상큼함이 긴 코를 타고 내 안으로 몰려온다. 코끝이 찌릿찌릿해진다. 몸이 살짝 뒤틀리며 웃음이 나오려 한다. 코가 파르르 떨린다. 입꼬리가 살짝 올라간다. 양팔에 닭살이 돋는다. 아무리 애를 쓰고 참아보려 해도 되지 않는 것들이 있다. 나는 크게 웃는다. 그리고 미스 김에게 답문을 쓴다.

구름기 期

김학찬

김학찬

《풀빵이 어때서?》로 제6회 창비장편소
설상을 받으며 작품 활동을 시작했다.
소설집 《사소한 취향》으로 아르코문학
창작기금을 받았다. 장편소설 《굿 이브
닝 펭귄》《상큼하진 않지만》 등이 있다.

어두운 밤, 당신은 5톤 트럭을 운전하고 있다. 순간 졸았던 것일까? 10미터 앞 오른쪽에는 까끌까끌한 면도 자국이 있는 노인이, 왼쪽에는 지극히 평범하게 생긴 청년이 보인다. 어떻게 된 일일까……. 늦었더라도 선택은 해야 한다. 자, 당신은 무엇을 밟을 것인가?

정답: 브레이크

운선면허가 없는 사람이라면 노인 또는 청년을 선택했더라도 양해의 여지가 있다. 운전면허가 있다면 평소 운전 습관이나 인성을 반성하면 좋겠다. (면허를 반납하거나) 반성할 인성이 없다고? (사실 나도 그렇긴 하다)

나는……. 꼭 인성 문제 때문만은 아니고 (아니라고는 말하지 못하겠다), 운전면허가 없어서 틀렸다고 치자. 물론 시도는 했다. 적성검사와 필기시험까지는 무난했다. 하지만 필기시험만으로 운전을 할 수 있는 나라는 없다. 여기서 핸들을 감으라는데 어디가 왼쪽이고 오른쪽이지? 학원 선생님은 혹시 심한 교통사고를 경험한 적 있냐고 조심스럽게 물었다.

첫 번째 장내기능시험에서는 무수한 감점의 응원 덕분에 떨어졌다. 두 번째 시험에서는 좌회전 도중 중앙선 침범으로 하차한 후 시험장을 뛰쳐나왔다. 세 번째 시험 대신, 스스로에 대한 냉철한 판단력, 메타인지를 발휘해 추가 교육을 신청했다. 마침내 좌회전과 우회전의 미묘한 차이를 느끼게 되었을 때, 느낌과 무관하게 우회전을 안 하고 운전할 방법은 없을까 고민하던 도중, 엉겁결에 장내기능시험을 통과했다. (뽀록보다 위대한 것은 없다)

남은 건 실전.

첫 번째 도로주행시험에서는 인도에 올라탔다. 다행히 인도에는 아무도 없었다. 그래, 누가 있었으면 브레이크라도 밟았겠지? 두 번째 탈락은 억울한 감이 없지 않았다. 삼백 미터 앞에서 유턴? 삼백 미터가 어느 정도지? 백 미터 달리기의 세 배인가? 음성안내가 대답을 할 리는 없고, 다시 한번 메타인지를 발휘해 추가 교육을 신청했고, 추가 교육과 원서비를 합하면 처음 등록했던 학원비는 우스워졌고, 내가 없으면 운전

구름기期

학원이 망할 것 같은 기분이 들었고, 학원 갈 생각만 하면 마음과 생활이 급격하게 나빠졌다.

물론 내가 도전한 운전면허시험은 2종 자동이다. 진정한 사나이라면 1종 보통에 도전하지 않는 법이다. (굳이 운전이 필요하지 않다거나, 운전할 일이 없어서 장롱면허라거나, 대중교통이 더 편하다고 하는 사람늘은 곧 나다)

"오빠, 그래서 고령까지 갔다가, 거기서부터 목포까지 태워달라고?"

아내는 단 한 번 도로주행시험에서 탈락한 경험이 있다. 유턴을 드리프트로 땡기는 바람에 떨어졌다는 말을 믿어야 할지 말아야 할지. 하지만 그녀가 드라이빙센터에 댕기는 걸 보면 뭐, 비슷비슷한 경우끼리 살건, 정반대끼리 살건, 어떻게든 사람은 살아가게 되어 있는 모양이다.

수줍게 빌었다. 당신도 내가 아버지의 25년 전 비밀을 풀기 위해 뒤늦게 운전면허를 따려고 한 것을 알지 않냐, 그런네 우리가 사는 세상에는 인간의 능력 밖에 위치한, 운명적이면서 초월적인 의지가 존재하는 것 같다, 그러니까 부디 도와줘, 제발 태워주세요…….

25년 전 조각난 기억을 맞출 자신은 없고, 의문을 해결하기 위해서는 직접 발로 뛰는 수밖에 없었다. 방법은 25년 전 그 길을 똑같이 추적하는 것. 세심하게 과정을 반복하며 그때 아버지의 마음과 자세를 읽는 길밖에는 없었다. 아버지는 복잡한 사람이 아니니까, 대단한 비밀 따위는 있을 수 없으니까, 추적해보면 알게 될 것이다.

직접 물어보면 되지 않느냐고?

아버지는 9년 전 돌아가셨다.

*

1998년. 누나의 대학 합격 발표 일주일 전. (아마도)

아버지는 비장하게 선언했다. 우리 가족은 이제 다시 모여 살기 어려울 거라고. 아니, 누나가 외국 유학행에 오르는 것도 아닌데 왜? 무엇보다 아직 합격하지도 않았는데 왜?

아버지는 누나가 떠난다는 생각만으로도 티 나게 심란해했다. 아버지에게 타향이란 고작해야 할아버지, 할머니가 계신 경상북도 고령군 운수면을 떠나 고령군 고령읍으로 이사하는 것이었으니까. (운수면에는 중학교가 없었다) 운수 면사무소에서 고령 읍사무소까지는 직선거리로 4.6킬로미터로, 오토바이로는 6분이 걸렸고 중공군과 싸우다 오른쪽 새끼발가락을 잃은 할아버지 걸음으로도 한 시간 반이면 충분했다. (정작 할아버지, 할머니는 아버지보다 더 오래 정정하게 살다 돌아

가셨다)

"하하하, 그렇군요. 아버지, 그럼 재미있게 다녀오세요."

가정교육에 결핍이 있었던 건 아니다. 다만 그때는 컴퓨터 게임에 미쳐 있었다. 밤새 게임만 하다가 학교에 가면 하루 종일 졸아서, 신중하고 침착했던 담임 선생님은 조심스럽게 엄마에게 전화를 걸었다. 네네, 어머님. 학찬이가 학교만 오면 자는데 집에 무슨 일이라도 있나 싶어서……. 갑자기 아버님이 보증을 잘못 서셨다든가……. (보증 대신 아버지는 장기 실업자가 되었으므로, 담임 선생님의 전화에는 섬뜩한 부분이 있다) 또 게임에 미쳐 있지 않더라도 중학교 2학년은 어딘가에 미쳐 있을 수밖에 없고, 그렇다고 가족 여행에 미쳐 있을 나이는 아니다. 자고로 여행이란 베네치안 갤리어스를 타고 전 세계 바다를 누비거나 기마 부대를 이끌고 중원을 질주하는 일이었다. (웅장한 사운드와 함께) 범퍼와 보닛 색깔이 확연하게 다른 기아KIA 캐피탈을 타고 나흘이나 가족 여행을 할 마음은 없었다.

그것도 고작 누나의 대입 따위 때문이라면.

아, 누나가 원서를 넣은 대학이 싫었다거나, 질투가 났다거나 하는 유치한 이유는 아니다. 뭐랄까, 누나의 진학은 정말 아무런 생각이 들지 않는 일이었다. 비르 타윌 같은 것이랄까. 그러니까, 이집트와 수단의 국경 지대에 있지만 국제법상 어느 나라도 주권을 갖지 않고 영유권을 행사하지 않는, 그런 무주지(無主地, Terra nullius)와 누나는 다르지 않았을 뿐이다. 그저 어제도 떡볶이, 오늘도 떡볶이를 먹는 한 인간이 있구나. 그날그날 먹은 떡볶이에 대한 감상을 공책 몇 권째 쓰는 고등학생이 있구나. 분식대학 밀떡떡볶이학과에 진학하려고 저러나……. 가끔 누나가 아니라 떡볶이가 떡볶이를 먹고 있는 것처럼 보이기도 했지만 그것조차 아무렇지도 않게 보였다. 그럴 수도 있지 뭐. 그게 나랑 무슨 상관이라고.

*

협박과 회유가 시작되었다.

전기를 끊고 가겠다.: 하지만 아버지가 한국전력 직원도 아니고, 전기를 특별하게 끊을 수단 따위는 없으니, 두꺼비집만 다시 올리면 그만이었다. (한국전력에 다녔으면 정리해고는 피했을 텐데) 두꺼비집과 전기에 대해서는 아버지보다 내가 더 잘 알았다. 우리 집 가전제품은 전부 내가 고치고 있었으니까.

용돈을 주지 않겠다.: 우리 집에는 용돈이라는 개념이 없었기 때문에 생뚱맞은 협박은 성립되지 않았다. 아버지는 머쓱하게 중얼거렸다. 용돈이 없었다고? (그걸 몰랐다고?)

다산 초당에도 갈 건데, 정약용 선생이 살던 곳인데.: 이게 회유라고 생각하는 아버지의 마음에 잠시 감동했다. (방문을 잠그고 컴퓨터를 켰다)

여행 다녀와서 일주일 뒤에, 정확히 일주일 뒤에 원하는 게임 하나를 사주겠다.: 일주일 뒤라는 구체적인 제안이 마음에 들었다. 자고로 협박과 회유보다는 흥정과 대화가 중요한 법. 신용과 거래야말로 자본주의의 기본 질서니까. 아버지, 바로 출발하셔도 됩니다! 그런데 혹시 일부분이라도 선금으로 주실 생각은 없으신가요? 선금으로 만 원을 받고 지장을 찍으며 물었다.

"근데 아버지, 목포는 왜요?"

"목포 자체가 목표지."

"(또 재미없고 이상한 대답이다) 왜 목포냐니까요."

"유달산에서 구름을 봐야지."

"유달산이 어디 있는데요?"

"다도해가 보이는 곳이지."

협박과 회유, 거래와 흥정 다음은 착각과 기만인가. 착각과 기만도 자본주의적 관점에서는 필요악일지 모르겠다. 하지만 유달산과 구름이라니, 이 무슨 뜬구름……. 설마 나를 이 기회에 멀리 내다 버리려고?

여행은 갈 수 있다 치고, 왜 목포일까. 고령군은 대구의 서

남쪽에 있다. 여행이 목적이라면 동해도 있고 남해도 있고 속리산도 있다. 고령에서 목포는 너무나 멀어서 (최대한 멀리 가서 버릴 계획인가?) 고령과 목포의 관계는 비르 타월과 페가수스 별자리의 닮은꼴 관계와 다르지 않았다. 아버지는 합천에 들러 해인사를 보고-진주에 들러 남강을 구경한 다음-하동을 거쳐-보성 녹차밭을 지나-강진에서 다산 초당에 인사를 드리고-월출산 국립공원을 걸어본 뒤-목포로 가겠다고 했다. (3박 4일 동안? 여행과 원정을 혼동하는 걸까?)

계약대로 3박 4일을 버티면 되는 일이었지만, 실직 직전인 1998년의 아버지는 확실히 이상하거나 어색했다. 노령산맥 마지막 봉우리의 유달산이 어쩌고……. 물론 2014년의 아버지라고 해서 달라질 것은 없었고 2023년 지금의 아버지는 달라질 수도 없지만 1998년의 아버지는 분명히 그냥 그런 아버지였다. (김 작가는 짐짓 아무렇지도 않은 척 아버지에 대한 불손한 농담을 늘어놓고 있지만 사실 누구보다 아버지를 사랑한다고 포장해줄 순 없을까? 누가? 물론 당신이?)

결과론적인 이야기. 집을 떠나는 누나를 위해 다녀온 마지막 가족 여행은 목적을 달성하지 못했다. 대학생이 된 누나는 주말마다 집에 왔다. 누나가 고등학교 3학년 때보다 떡볶이 먹는 모습을 더 자주 볼 수 있었다. 누나는 수업을 월요일 오후부터 목요일 오전까지 다 몰아넣고, 목요일 오후가 되면 집으로 돌아왔다. 목금토일월, 계산상으로는 일주일 중 누나가 집에 머무르는 날이 5일이었다. 역시 친구가 없나 보다……. 6년 뒤 나도 공익근무요원으로 집에서 출퇴근을 했으니, 우리 가족은 아버지의 비관보다 훨씬 오랫동안 함께 살았던 셈이다.

*

출발 전 새벽, 컴퓨터를 몰래 트렁크에 실으려고 했으나 이미 트렁크 가득 다른 짐들이 점령하고 있었다. 여행이 아니라 야반도주인가? 왜 전기밥솥이 있지?

"아빠, 경북 차는 기름 안 넣어준다는데 진짜야?"

고난의 행군이 시작되자마자 기름이 간당간당했다. 누나의 물음에 아버지는 요즘 세상에 그런 게 어딨냐며, 대통령도 바뀌었으니 지역감정이란 말도 사라질 거라며 웃었다. 하지만 비슷한 괴담을 들은 적이 있었기 때문에 나도 내심 불안했다. 보험사를 불러도 오질 않는다더라, 일부러 바가지를 씌운다더라 하는 소문들. 아버지는 이번 여행의 중요한 목적 중하나는 동서의 화합을 체험하는 것이라고 했지만, 누가 봐도 방금 떠올린 말 같았다. (여행이야 즐거우면 그만인데 무슨 동서화합까지)

아버지의 정치는 명료했다. 투표는 꼬박꼬박 했지만 아버지가 투표한 후보가 당선되는 일은 없었다. 물론 당선되는 후보에게만 표를 던지라는 법은 없다. 문제는 아버지는 제3지대 형성, 여야의 견제라기보다는 진심으로 자신이 지지하는 후보가 당선될 것이라고 믿었다는 데 있었다. 말하자면 권영길이 대통령이 될 것이라고 믿어 의심치 않았다. 권영길이 떨어지던 날 아버지의 황망한 표정을 잊을 수가 없다. (권영길 자신도 당선은 기대하지 않았을 것 같은데)

"동생이 지도 하나는 잘 봤지. 별명이 김도로였으니까. 이 정표만 보고도 어디든지 찾아갔지."

"그럼, 큰아버지 따라 트럭 몰지 왜 집에서 놀았어요?"

"어데 경운기도 못 모는데 무슨. 니네 아부지 운전면허 몇 번 떨어졌는지 아나? 학원 혼자 다 먹여 살렸을 끼다." (큰아버지는 의심스럽게 나를 쳐다보다 눈길을 돌렸다)

원래 낮은 차체가 우리 가족의 무게 때문에 더 내려앉았던 (분명 누나 때문이다) 캐피탈은 다행히 곧 나타난 주유소 덕분에 아슬아슬하게 생명을 연장할 수 있었다. 자본주의와 오일머니, 이것도 불가분의 관계 아닌가. 들른 주유소에서는 경상도 차 번호에는 관심이 없었고 캐피탈이 굴러가는 것만 신기해했다. 사이드미러까지 무엇 하나 통일되지 않은 자유분방함, 역시 자본주의의 매력은 다양성에 있는 게 분명하다.

진심으로 걱정해주는 아저씨들이 있었고 마음을 담아 신기해하는 다른 차주들도 있었다. 용케 펑크 한번 안 나고 돌아왔으니 캐피탈은 임무를 충분히 다했다. (돌아오자마자 한참 수리센터를 들락거리긴 했지만) 그러니까, 영호남 화합에 대한 아버지의 일장 연설은 기우杞憂였다.

기억을 되살려보니 도중에 차가 서는 일이나 지역감정보다 무서운 사실은, 누나가 떡볶이를 먹고 있었다는 것이다. 오물오물, 꼭두새벽에 출발했는데 무슨 수로 떡볶이를 먹고 있었을까. 지금 생각해도 풀리지 않는 의문이다. 누나에게 전화해서 물어보면 되지 않느냐고?

글쎄, 군이 번거롭게 전화까지? 그래야 하는지는 잘……
모르겠다.

*

해인사는 기억도 나지 않고, 겨울의 진주 남강은 별 감흥이 없었다. 열다섯 살의 머릿속에는 얼마짜리 게임까지 살 수 있을까, 구체적인 액수를 정했어야 했는데, 아니 정하지 않았으니 협조를 잘하면 비싼 것도 사주지 않을까 하는 생각으로 꽉 차 있기도 했다. 어찌어찌, 한밤중이 되어서야 순천에……
도착했다. 아마 순천일 것이다. 반드시 순천이어야…… 한다.

지도를 되짚어보니 순천이 아니면 대체 우리 가족이 어디로 갔었는지 설명할 길이 없었다.

"제대로 가는 거 맞아?"

"오빠, 설마 아버님 때랑 지금 도로가 같을 거라고 생각하는 건 아니지?"

나는 길에 대한 감각이 평균치나 중간값보다 아래에 있다. (길치다) 가다 보면 알아서 나오는 게 도로라고 생각하고, 길이 때에 따라 달라질 수 있다는 것을 몰랐다. (차로와 차선이 다른 개념이라고?) 추적행에 나섰지만 25년 전 그 길을 복기할 수 없어서 궁시렁거리는 나에게 아내는 조용히 하지 않으면 한적한 곳에 확 두고 가버리겠다고 말하며 웃었다. (왜 주변 사람들은 틈만 나면 나를 유기하려 드는 걸까?)

돌아가서, 1998년의 여행은 여행이 아니었다. 호텔이야 기대도 안 했지만 굴뚝 있는 목욕탕 2층에서 잘 줄은 몰랐다. 수학여행 때도 목욕탕에서 자지는 않았다. 손님이라고는 우리밖에 없었고 숙박부가 있었다. (이름을 적고 자다니)

아버지는 운전을 해야 한다며 하나밖에 없는 침대를 차지했다. 나는 텔레비전과 가까운 자리에 이불을 깔고 누워 새벽까지 멍하게 〈워터월드〉를 봤다.* 가뜩이나 1998년이라 분위

---

* 기후 변화로 인해 세계의 대부분이 물에 잠기고, 주인공이 최후의 육지를 찾아간다는 〈워터월드〉가 밤새도록 나왔다. 주말의 명화까지는 아니었을 것 같

구름기期

기도 싱숭생숭하고 내년에라도 세계는 멸망할 것 같은데 아버지는 대체 왜 목포로 갔던 걸까……. 사실 목포는 최후의 육지였고, 아버지는 떡볶이를 먹는 수수께끼의 누나와 함께 드라이랜드dryland를 찾아가고 있는데……. (나는 안다. 아버지도 몰래 텔레비전을 보고 있었다)

이런 영화를 보고 잤으니 꿈이라고 멀쩡할 리 없었다. 전기밥솥이 쟁쟁 돌아가는 소리에 잠에서 깼다. 아버지는 코펠에 안성탕면을 끓이고 있었다. (밥까지 말아먹으려고) 아무도 없는 목욕탕 2층이라지만 부끄러웠다. 두 개의 김치통만큼이나. (트렁크에 빈 자리가 없는 건 당연했다)

*

캐피탈은, 험난하게 굴러갔다. 캐피탈은 인간을 짐짝 취급한다는 점에서는 자본주의적이면서 반휴머니즘적이기도 했다. 아니, 캐피탈의 죄는 아니다. 겨우 굴러가는 캐피탈을 몰고 목포까지 나선 아버지의 책임이지. 겨울이라서 그나마 다

고 목욕탕 주인의 취향이었을까……. 1995년 기준으로 제작비 1억 7,200만 불을 들여 참혹하게 망했던, 제16회 최악의 남우조연상을 받았던 〈워터월드〉는 의외로 재미있었다. 그러니 세계 각지의 유니버설 스튜디오에서 인기 어트랙션으로 제작된 것이겠지. 지금도 단 한 번 본 〈워터월드〉의 플롯과 갈등과 특수효과에 대해 세 시간은 떠들 수 있다.

행이었다. 아버지의 캐피탈에는 에어컨이 없었으니까.

둘째 날은 하루 종일 안개 아니면 비를 봤다. 겨울 남해안은 스산하기 이를 데 없었고, 툭 하면 안개가 껴서 보이는 것도 없었고, 안개가 없으면 분무기로 뿌리는 듯한 비가 내렸다. 아버지는 그 날씨에도 용케 길을 잃지 않았지만 뒷자리에 앉은 나는 멀미로 죽을 지경이었다. (동승자의 멀미는 운전 실력과 관계가 있다)

심지어 누나는 떡볶이를 한 입도 주지 않았다.

*

"어디서 왔는가?"

전라도 사람들은……. 이렇게 부르는 게 맞나 싶다. 어느 지역이건 간에, 지역명+사람들이라고 부르는 순간 어떤 편견과 적의와 변명이 느껴지는 것 같다. 서울 사람들은, 경상도 사람들은, 강원도 사람들은. 그냥, 지구에서 왔다고 하면 안 될까?

지구인들은……. 놀라울 정도로 적대 의식이나 경계심이 없었다. 경계심은 나에게만 있었나 보다. 순진무구한 내가 대체 왜 그렇게 얼었는지는 (현실의 나를 아는 사람들이라면) 납득하기 어렵겠지만 중학교 2학년은 별의별 상상을 다 하는 법

구름기期

이니까…….

식당에서는 이 날씨에, 이 계절에 여행을 다니는 가족을 신기해했다. (지금도 그곳은 여전히 관광지가 아니다) 어디서 왔느냐고 묻는 사람이 있었고, 고령에서 왔다고 하면 거기가 어디냐고 되물었다. 아버지는 대가야가 고령이라고, 가야 고분군이 많다고, 나중에는 필시 유네스코 세계유산으로 등재될 거라고 자랑했다. 꼭 유네스코에 들어가기를 바란다는 어떤 아저씨의 말에서는 진심이 느껴져서 어쩐지 부끄러웠다. (아버지는 헤어질 때 아저씨를 끌어안았다)

한번은, 우리를 노골적으로 바라보는 아주머니가 있었다. 분명히 식당에 들어갈 때까지는 친절했는데 자리에 앉고 한참 밥을 먹다 보니 우리를 계속 쳐다보고 있었다. 마침내 올 것이 왔구나. 언젠가는 무너질 영호남의 벽도, 아직은 무리구나.

"그게 그리 맛있소?"

누나는 식당에서도 반찬으로 떡볶이를 꺼내서 같이 먹고 있었다……. 누나는 움찔하면서도 배시시 웃으면서 떡볶이 하나를 찍어서 아주머니에게 내밀었다. 아주머니는 아따, 맛있긴 허네, 하더니 반찬 하나를 더 내왔다. (당연히 반찬 종류까지는 기억나지 않는다) 아주머니의 무심한 무표정은 평화로워 보였다. 떡볶이는 그 뒤로도 제 몫을 했다. 유달산을 오를 때 우는 아이를 달래는 데도 썼고 돌아올 때 식당을 찾지 못해

급성 기아로 쓰러져가는 우리 가족의 비상식량이기도 했다. 뭐, 떡볶이는 그럭저럭 괜찮은 수단이었다. (장차 남북통일에도 떡볶이가 큰 역할을 하리라 믿는다)

*

사소한 여행지는 그냥 넘어가자. 사실 사소해서가 아니라 기억이 나지 않는다……. 다산 초당은 이게 무슨 유배냐 싶을 만큼 컸다. 당대 젊은 문인들에게 유행했던 바다 근처 호캉스, 아니 유배캉스[ubae staycation]가 아닌가 싶을 정도로 없는 게 없어 보였다. 아버지는 누나에게 정약용의 애민 정신을 꼭 기억하라고 했는데, 나를 두고는 아무 말도 하지 않았다. (나도 평소 아버지를 그렇게 생각해왔으므로 서운하지는 않았다. 그렇게가 뭐냐고?) 누나는 많은 감동을 받은 것 같았다. 누나라도 감동을 받았으면 그걸로 충분한 것 아닐까. 다산 초당에서 내려오는 길은 질었다. 목포를 제외한 여행지 기억은 이 정도가 전부다. 어쩔 수 없다. 열다섯 살이었다니까.

*

마침내 도착했다.

목포는 항구가 아니었다. 목포는 도시였다. 목포에 진입하자마자 이곳이 도시라는 것을 깨달았다. 건물도 크고, 자동차도 많고, 차도 많고, 공장도 있고, 사람들은 바빴다. 낭만적인 항구라는 막연한 생각과 달리 목포는 거대한 산업항구였다. 여기서 첫 번째 당황.

"그래시 우리 이세 어디 가요?"

목포 그 자체가 목표라는 아버지의 말은 진실이었다. 두 번째 당황은 진실은 진실이되 목포에서 다시 어디로 갈 것인가에 대한 고민이 없었다는 데 있었다. 물론 마지막 목적지가 유달산이기는 했지만 여기까지 와서 곧장 산만 올라갔다 돌아가면 이상하지…… 않을까? 해상 분수도 케이블카도 없었다) 한겨울에 외달도 해수욕장에서 물놀이를 할 것도 아니었고 근대건축물 거리 같은 것은 잘 알지 못했다. (사전 계획이나 대책은 없었다) 목포 시내를 하릴없이 빙빙 돌다 보니 문득 아버지가 유달산을 미뤄둔다는 느낌을 받았다.

세 번째 당황은 신용카드 승인이 되지 않았다. 아버지의 모든 가느를 다 꺼내서 한 번씩 긁어봤으나 실패. (2002년 카드 대란의 이유가 여기에 있다) 잠시만 기다리라고 하고 아버지는 공중전화를 찾아 뛰었다. 누나와 나를 같이 버릴 일은 없으니 불안하진 않았다. 다만 공중전화도 못 찾는 아버지가 조금 안쓰럽긴 했다.

"보자, 그때쯤 동생이……. 그래 맞다, 드디어 목포에 왔다고 그랬다. 근데 목포는 왜?"

큰아버지, 그러니까 무엇이 아버지를 돈까지 빌려가며 목포로 향하게 했을까요.

마침내 우리는 유달산을 올랐다. 어디서부터 시작했더라─능선을 따라 한 시간도 넘게 걸었다. 어차피 길은 아버지만 아니까, 아버지 뒷모습만 따라 무작정 걸었다. 아버지의 등짝에는 결심결연결의장엄진지엄숙이 번쩍거리고 있어서 거북했다. 안쓰러움의 유통기한은 너무 짧구나, 다 끝나가니까 조금만 더 참자, 게임이 나를 기다리고 있으리니……. 어디선가 〈목포의 눈물〉이 쟁쟁, 스피커에서 들려왔다. (걷기 귀찮아서 나도 눈물이 났다)

고래바위와 일등바위를 지나 낙조대 이정표가 보였다. 노랫소리가 더 또렷해졌다.

"저기, 섬, 구름!"

다도해가 보였다. 여보, 구름 정말 멋지지 않아? 구강기口腔期나 항문기肛門期처럼, 우리 모두에게는 구름기期가 있대. 구름 위에 올라탈 수 있다는 마음, 구름 위 세상을 받아들이는 믿음, 구름보다 신기하고 아름다운 것을 모르던 때를 구름기라고 부른대. 흩어져도 다시 만나는 구름을, 똑같은 구름을 찾으려고 하루 종일 하늘만 바라보던 시절이 있대. 참, 여보, 신기한 거 하나 알려줄까? 진짜 구름은, 얼룩이 있어야 해. 어두운 부분이 있어야 하얀 구름이 몽실하게 보이지 않겠어? (그럴듯하지?) 그래, 안타깝게도 구름에 올라타면 떨어진다는 과학적 진실을 알게 된 순간부터 불행해지는 거야. 그러니까 우리는 구름을 믿고 살아야 하고. 여보, 운전하느라 수고했어, 다도해 위의 저 구름을 보여주려고 목포에 가자고 한 거야! 내 말 믿지? 아니, 듣고 있지? 어, 같이 가자니까? (괜찮아, 요즘은 KTX가 있으니까)

유달산에서 내려올 때에는 나도 〈목포의 눈물〉을 흥얼거렸다. 돌아올 때 기억은 없다. 부지런히 목포로 달려온 다음 유달산에 올라갔다 내려왔다라……. 이것저것 많이 보긴 했던 것 같으니까……. 기억에 없어서 그렇지……. 아버지는 여행에서 돌아온 뒤 게임을 사주겠다던 약속을 치사하게 차일피일 미뤘다. 누나 대학 입학 등록금을 내야 해서, 등록금에 입학금까지 포함되어 있어서, 실직하는 바람에, 다시 취직할 수 있을 술 알았는데 등등 이유는 때마다 달랐다. (다행인지 불행인지 아버지의 실직은 IMF 사태와는 무관했다. 재취업 실패는 IMF와 관계가 있었지만) 아버지도 나도 결국 약속을 잊고 20년이 지나버렸다. 뭐든지 미루던 아버지는 2014년 봄여름에 걸쳐 갑자기 빠르게 급성 간암으로 죽어갔다. 한 치의 머뭇거

림도 없이.

*

아버지가 죽고 다시 9년이 흐른 지금에서야 궁금해졌다. 그때는 경황이 없었다. 누워만 있는 아버지를 보면서 목포 생각을 할 리는 없었다. 모르는 건 언제라도 물을 수 있다고 생각해서, 기억나지 않는 것도 언제라도 되살릴 수 있다고 해서 넘어갔던 것들이 많았다. 명절마다 오는 저 아저씨는 대체 몇 촌인가요, 아무리 계산해봐도 십촌이 넘는 것 같은데. (정확히 십촌인 걸 알았을 때의 소름이라니) 고조할머니 묘와 증조할머니 묘가 매번 헷갈리는데 어떻게 해야 하나요. (어쨌든 할머니니까 괜찮아) 할아버지가 땅을 팔아서라도 대학 보내준다고 할 때 가지 않았던 이유는 무엇인가요. (심지어 중, 고등학교는 대구 유학을 했으면서) 2년이나 군대를 미루면서, 대체 무엇을 했나요. (농사일에 도움도 되지 않았다던데) 보호자 자격으로 내가 대학병원 의사와 이야기하고 나왔을 때 왜 병명을 묻지 않았나요. (암센터였는데 암이 아니면 뭐겠나 싶어서 그랬나요) 암 진단을 받은 날에도 할아버지가 시킨 심부름을 하려고 골목골목을 돌아다녀야만 했나요. (이상한 약초를 샀었죠) 간신히 누워 있으면서도 중국 장자제 다큐멘터리를 보면서 5월에 꼭

가봐야겠다고 웃었던 마음의 정체는 무엇인가요. (말기싫어요, 말기) 아니, 그래서 목포는 왜 갔고 유달산 앞에서는 왜 망설였나요.

"오빠, 비밀은 풀었어?"

"비밀? 이따 돌아갈 때 노래 불러줄까?"

추적행은 운전면허시험처럼 실패로 끝났지만 괜찮다. 운전면허 없이도 살아왔으니까. 따면 좋겠지만 없어도 아내의 은혜를 받아 아버지의 행방을 쫓을 수는 있었으니까. 길이 달라지듯 목포도 새로워졌지만 그럴 수 있다. 아들의 세상이란 아버지의 세계와 다를 수밖에 없는 법이니까. 대신 다시 5년 후, 10년 후 추적행을 반복하자. 반복과 변주, 추측과 억측이야말로 아들들이 할 수 있는 방식이다.

무엇보다 나는 믿는다. 아버지가 유달산에서 들려줬던 이야기처럼, 우리에게는 구름기가 있다는 것을. 아버지, 매년 기일 지키기도 귀찮은데 그냥 5년에 한 번씩 추적행으로 대신할게요. 이게 진정한 효도 아닐까요? 음, 하나 더 얹어드리죠. 그때마다 〈목포의 눈물〉을 크게 열 번 불러드릴게요. 그리고 귀찮아도 유달산에는 꼭 올라갈게요. 그러니까 아버지, 지금이라도 약속 지키시는 건 어때요? 자본주의적으로, 이자까지 계산해서. 부자지간이니까 많이 받진 않을게요. (그때보다 금

리도 많이 내렸고)

뭐, 무엇보다 가끔, 1998년 목포 여행이 자꾸 생각나니까요.

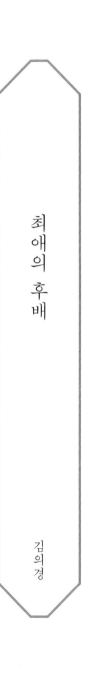

최애의 후배

김의경

김의경

2014년 《한국경제》 청년신춘문예에 《청춘 파산》이 당선되면서 작품 활동을 시작했다. 장편소설 《콜센터》로 제6회 수림문학상을 수상했으며, 소설집 《쇼룸》, 산문집 《생활이라는 계절》, 장편소설 《헬로 베이비》 등이 있다. '월급사실주의' 동인이다.

그를 처음 본 순간 조금 놀랐다. 머리가 희끗하고 배가 나온 중년 남자가 손을 내밀며 악수를 청했다. 패션 감각은 있는 편이었다. 청바지에 운동화가 제법 어울렸다. 눈가의 주름이 미소를 돋보이게 했으며 조심스러운 몸가짐이 신뢰를 주었다. 나는 왜 그를 내 또래 남자라고 생각했을까. 그의 인스타그램에는 이렇다 할 신상정보가 없었다. 그저 아이유 사진으로 노배되어 있을 뿐이었다. 그가 내게 손을 내밀며 말했다.

"후배님, 반갑습니다."

나는 그의 손을 잡으며 물었다.

"아, 안녕하세요, 그런데 저는 뭐라고 불러야 할까요?"

그가 고개를 갸웃하다가 웃으며 말했다.

"그냥 아저씨라고 부르세요. 아이유의 2년 후배라면 저보다 열다섯 살이나 어리네요."

그러고 보니 그의 인스타그램 프로필 사진은 드라마 〈나의 아저씨〉에 출연한 배우 '이선균'이었다. 그가 이선균처럼 잘생긴 건 아니었지만 아저씨가 맞긴 했다. 택배 아저씨, 경비 아저씨에게도 붙이는 아저씨란 호칭을 그에게 못 붙일 이유도 없었다.

"그러죠, 뭐."

언제부터 그와 인친이었을까. 정확히 기억나진 않지만 그가 먼저 나를 팔로우했다는 건 분명했다. 내가 올린 게시물에 그가 댓글을 달았다.

– 내 인생 최고의 드라마예요.

내가 올린 게시물은 드라마 〈나의 아저씨〉 포스터였다. 이후로 그는 내가 올리는 아이유 관련 게시물에 꾸준히 댓글을 달았다.

– 아이유를 많이 좋아하시나 봐요?

그가 기다렸다는 듯이 답글을 달았다.

– 그럼요. 그녀에 대해서라면 속속들이 알고 있어요. 그녀와 동시대에 살고 있다는 것이 기쁩니다.

한국어를 너무 잘해서 그가 때때로 인스타그램에 싱가포르 도심 풍경을 올리지 않았다면 싱가포르 사람이라는 것도 실감하기 힘들었다.

　─ 아, 그러시구나. 아이유는 제 고등학교 선배예요.

　그 말이 사달이 되었다. 댓글을 달던 그가 디엠으로 말을 걸기 시작했다.

　─ 정말요? 아이유와 같은 고등학교에 다녔단 말이죠?

　학교에서 마주친 적도 없고 아이유가 나라는 사람의 존재를 아는 건 아니었지만 고등학교 선배인 것은 사실이었다. 학교에 적응하지 못하는 바람에 1년밖에 다니지 못했다는 말은 하지 않았다. 엄마의 직장이 자주 바뀌는 바람에 전학을 자주 다녔고 마음에 맞는 친구 한 명 사귀지 못했다. 내성적인 성격 때문인지 은근한 따돌림을 당한 적도 있었다. 그런 상황을 견디기도 힘들었지만 학교에 다니는 시간이 아깝게 느껴졌다. 나는 엄마를 설득해 자퇴를 한 다음 검정고시를 봤다. 따라서 그 학교는 지우개로 대충 문지른 그림처럼 흐릿한 기억으로 남아 있었다.

　그는 내가 다녔던 학교, 그러니까 아이유가 다녔던 고등학교에서 있었던 일에 대해 좀 더 이야기해달라고 졸랐다. 나는 대충 상상력을 발휘해 답했다.

　─ 고1 때였나? 시험 날 지각을 해서 뛰어가는데 앞에 어떤 여학생이 뛰어가는 거예요. 저 사람보다는 일찍 가야겠다는 생각에 전력 질주를 했는데 그 사람도 죽어라 달리더라고

요? 앞서거니 뒤서거니 하면서 동시에 들어왔는데 1분 차로 지각을 면했어요. 고마운 마음에 이름이라도 물어보려고 저기요, 하고 불렀는데 뭔가가 그 사람의 몸에서 툭 떨어졌어요. 허리를 구부려 주웠는데 명찰에 '이지은'이라고 쓰여 있었어요.

— 오오, 너무 부러워요. 그러니까 후배님은 지은 님과 인생의 한순간을 함께한 거네요. 그때 지은 선배의 표정은 어땠나요? 전력 질주를 해서 피곤해하거나 짜증 나 보이지는 않던가요?

— 그럴 리가요. 그때부터 벌써 톱스타의 기질이 다분했는걸요. 선배는 밝게 웃으며 고맙다고 했어요.

그 순간 정말로 그녀의 목소리가 들리는 것 같았다. 고, 마, 워.

그런 식의 장난이 반년 동안 지속되었다. 그가 내 말에 호응할수록 거짓말은 늘어갔다. 나는 갑자기 인스타그램을 중단했다. 게시물을 올리지 않고 그냥 방치해두었다. 더 이상 지어낼 말도 없었고 그에게 거짓말하는 것에 대해 죄책감을 느꼈다.

계절이 바뀐 어느 날 그가 서울에 온다는 디엠을 보냈을 때 나는 거짓말이 들통나기라도 한 것처럼 놀랐다. 그는 다음 주에 한국에 가는데 하루 동안 가이드를 해줄 수 없겠냐고 물었다. 귀찮다는 생각이 솟는 순간 그가 대가를 지불하겠다고 말했다. 그가 제시한 돈은 30만 원이었다. 회사를 그만두고 실업급여를 받으며 구직활동 중이던 내가 뿌리치기엔 큰 유혹이었다.

며칠 동안 잠을 설칠 정도로 고민했지만 나는 아침에 일어나자마자 만반의 준비를 마치고 약속 시간보다 10분 일찍 이곳 지하철역에서 그를 기다렸다.

"이렇게 후배님을 뵙다니 꿈만 같네요."

나를 만나서 꿈만 같다니. 아이유를 만나면 기절이라도 하지 않을지 걱정이었다. 그가 수줍게 웃으며 말했다.

"저를 학교에 데려다주세요."

학교라면……? 고등학교를 말하는 것 같았다. 그는 내가 아이유와 같은 고등학교를 다녔다는 사실만으로 나를 친근하게 느끼는 것 같았지만 나는 아이유와 내가 관계가 있다는 생각을 해본 적이 없었다. 중학생 때 데뷔한 아이유가 학교에 출석한 날이 많지는 않았을 테니 같은 학교에 다녔다고 할 수 있을지도 의문이었다. 지은 선배와 나의 공통점이라면 집 안에 빨간딱지가 붙은 적이 있다는 것 정도였다.

나는 택시를 불러서 1년 동안 다녔던 고등학교로 그를 데려갔다. 택시 안에서 낯익은 거리를 멍하니 바라봤다. 학창 시절에 종종 그랬던 것처럼. 차에서 내린 우리는 앞뒤로 서서 오르막길을 올랐다. 그가 한 계단 아래에서 숨을 헐떡이며 말했다.

"이 계단을 매일 올랐단 말이죠? 다리 근육이 튼튼해졌겠어요."

졸업할 때는 무다리를 선물해준다는 전설의 오르막길이었다. 등교 시간이 지났는지 한 학생이 우리를 앞질러 뛰어갔다. 그가 학생의 뒷모습을 보며 말했다.

"교복이 예쁘네요."

정문을 지나서도 이어지는 오르막길을 오르던 그가 물었다.

"이쯤인가요? 이지은 선배와 마주친 곳이?"

나는 어색하게 웃으며 고개를 끄덕였다. 그 순간 뒤돌아보며 웃는 아이유가 보이는 것 같았다. 내가 만들어낸 이야기와 실제가 뒤섞여 이젠 나도 조금 헷갈렸다.

그는 상기된 얼굴로 왼쪽에 펼쳐진 운동장을 바라보더니 사진을 한 장 찍었다. 오른쪽의 시계탑을 감탄하며 올려다본 다음 다시 왼쪽으로 몸을 틀어 농구대로 다가가더니 밑에서 올려다보며 웃었다. 그는 보물찾기라도 하는 어린아이처럼 이곳저곳을 돌아다니며 단 한 장면도 놓치지 않겠다는 듯이 카메라 셔터를 눌러댔다.

나는 어떻게 오셨느냐고 묻는 경비 아저씨에게 삼촌에게

모교를 구경시켜드리고 싶어서 함께 왔다고 둘러대며 금방 갈 거라고 말했다. 그는 경비 아저씨의 눈총에도 기죽지 않았다. 학교에 별다른 애정이 없는 나와는 달리 그는 모든 풍경을 눈에 담으려는 듯 눈을 빛내며 걸었다. 학생들이 수업 중인 건물 안으로 들어갈 순 없었으므로 우리는 건물 밖을 샅샅이 돌아봤다. 내가 그에게 몰래 체육관에 들어가보자고 했지만 그는 낯선 아저씨가 불쑥 들어가면 학생들이 놀랄 거라면서 거절했다.

운동장 한복판에서 그가 눈을 지그시 감은 채 양팔을 벌리고 숨을 길게 내쉰 뒤 말했다.

"이곳에서 공부를 하고 거닐었단 말이죠."

나도 그의 옆에서 주변을 돌아봤다. 학창 시절 외톨이였던 나는 홀로 교정을 거닌 적이 많았다. 아무 생각 없이 걷다 보면 운동장 한복판에 와 있곤 했다. 그때는 삭막해 보였던 운동장이 지금은 싱가포르 아저씨 덕분인지 좀 더 밝은색으로 보였다. 자퇴하던 날 이 근처에는 얼씬도 하지 않겠다고 다짐했었다. 열정도, 의욕도 없이 지루한 고교 시절을 보낸 내가 수년이 지나서 이름도 모르는 싱가포르 아저씨와 함께 고등학교 교정을 걷게 될 줄이야. 정말 한 치 앞도 모르는 것이 인생인 모양이다.

"부럽습니다. 그 시절의 아이유와 같은 시공간에 있었다는 것이요."

"그게 부러워할 만한 일인가요?"

"그럼요. 지금처럼 대스타가 되기 전에 그녀가 어떤 모습이었는지 나는 아무리 애를 써도 상상하기 힘드니까요."

나는 웃으며 속으로 생각했다. 팬이란 이런 것이구나. 자신의 최애가 대스타가 되기 전에 함께한 사람을 질투하는 존재. 돈으로 그 시간과 기억을 살 수 있다면 그는 기꺼이 고액의 돈을 지불할 것 같았다.

학교에서 지은 선배와 단 한 번도 마주치지 않은 건 아니었다. 이웃에 사는 선배의 졸업을 축하하기 위해 졸업식 날 학교에 갔었다. 웅성거리는 소리가 들리는 쪽으로 가보니 한곳에 학생들이 모여 있었고 옆에 있던 학생이 저 안에 아이유가 있다고 알려줬다. 나는 지은 선배를 보려고 고개를 앞으로 내밀었지만 사람들 사이로 그녀의 머리 같은 것을 보았을 뿐 아무것도 보지 못했다. 어쨌든 같은 시공간에 잠시 머물렀던 건 사실이었다.

솔직히 말하자면 나는 아이유를 좋아하지도, 싫어하지도 않았다. 대한민국 사람이라면 온갖 광고에 등장하는 국민 여동생 아이유를 모르는 사람은 없을 것이고, 나도 옆집 아줌마가 좋아하는 만큼 아이유를 좋아했다. 나는 무언가에 깊이 빠진 적이 없었다. 무언가를 하고 싶다든가 어떤 사람이 되고

최애의 후배

싶다는 생각조차 해본 적이 없었다. 한마디로 강렬한 열정에 휩쓸려본 경험이 전무했다. 그래서 눈앞의 남자가 신기했다. 국적이 다른 연예인의 흔적을 찾기 위해서 휴가를 내고 먼 나라까지 찾아온 아저씨가. 집착이 없는 관계라고는 할 수 없겠지만 스토커라고 할 수도 없을 것이다.

"이제 어디로 가죠?"

내 질문에 그가 핸드폰을 들여다보며 말했다.

"목포로 갑시다. 목포에 〈호텔 델루나〉 촬영지가 있어요."

〈호텔 델루나〉는 나도 재미있게 본 드라마였다. '목포'라는 말에 잠시 망설였지만 30만 원을 받으려면 어쩔 수 없었다. 핸드폰으로 검색해보니 가볼 만한 목포 관광지로 〈호텔 델루나〉 촬영지인 목포 근대역사관을 소개하는 글이 여행 인플루언서의 블로그에 올라와 있었다.

잠시 고민했다. 오늘 처음 만난 외국인 아저씨와 목포 여행을 가도 되는 걸까. 인스타그램을 통해 반년 동안 대화를 나눴으니 전혀 모르는 사람은 아니었다. 그가 위험하게 느껴지지도 않았다. 하룻밤 자고 오는 것도 아니고 당일치기니까 괜찮을 거라고 생각했다. SRT를 타고 가자는 그에게 나는 내 차로 가자고 했다. 대신 SRT 요금을 나에게 달라고 했다. 오전 시간대 좌석이 남아 있을 리 없었고, SRT는 왕복 20만 원에 달하지만 기름값은 6만 원이면 충분했다. 그는 흔쾌히 그러자고 하더니 그 자리에서 지갑을 꺼내 현금으로 50만 원을 건넸다. 나는 그를 아파트 주차장으로 데려가 엄마의 흰색 모닝에 태웠다.

고속도로에 접어들자 그는 자신의 아이폰에 저장된 아이유의 노래를 틀더니 최근 개봉한 아이유 주연의 영화에 대해 길게 늘어놨다. 나는 그가 말을 멈추었을 때 왜 갑자기 한국에 오게 되었느냐고 물었다.

"몇 년 전에 아이유가 싱가포르에 왔는데 출장을 가느라 가보지 못했어요. 아이유가 우리나라에 왔는데 나는 다른 나라에 가야 하는 기막힌 일이 벌어진 거죠. 그 후로 올해는 반드시 한국에 가겠다고 벼르고 있었어요."

그가 차창 밖을 내다보며 말했다.

"아이유도 이 길을 통해 목포로 갔겠군요."

"목포에서 드라마를 찍었다니 그랬겠죠?"

"오래전에 장거리 운전을 했던 기억이 나네요. 네 시간 동안 차를 몰고 어린 시절 친구를 만나러 갔는데 그날 아이유의 노래를 처음 들었어요."

그가 처음 아이유를 알게 된 건 드라마가 아니라 노래를 통해서였다. 10년도 더 전의 일이었다. 나는 두 시간 동안 운전을 하면서 그가 금융업에 종사하고 있다는 것과 여동생, 어머니와 함께 살고 있다는 것을 알게 되었다. 그가 말하지 않

146　　　　　　　　　최애의 후배

아도 알 수 있었다. 아이유의 노래는 그에게 휴식처였을 것이다. 취업이나 실연과 같은 인생의 중요한 사건에 아이유의 노래가 배경음악이 되어주었을 것이다. 힘들 때 그녀의 노래를 들으면서 수월하게 고비를 넘길 수 있었을 것이다. 나는 늦은 밤까지 이어질 것 같은 그의 말을 끊으며 말했다.

"우리 휴게소에서 쉬었다 갈까요? 지은 선배가 목포로 가는 길에 이 휴게소에 들렀을지도 모르잖아요. 졸음도 쫓을 겸 커피를 마셔야겠어요."

그가 눈을 빛내며 고개를 끄덕였다. 그에겐 아이유가 머물렀던 곳이라면 모두 명소인 것 같았다.

그가 핫도그를 사러 간 사이 나는 벤치에 앉아 천천히 목을 돌렸다. 긴장한 탓에 목과 어깨가 뻐근했다. 엄마에게서 카카오톡 문자가 와 있었다.

- 아침부터 차 끌고 어딜 간다는 거야?

나는 목포라고는 말하지 않고 그냥 항구도시에 간다고 문자를 보냈다. 멀리서 그가 다가오는 것이 보였다. 나는 핸드폰을 주머니에 넣고 어깨를 주물렀다. 그가 핫도그와 아이스아메리카노를 건네며 말했다.

"어깨 아프죠? 무조건 처음이 어려워요. 다음엔 능숙하게 할 수 있을 거예요."

"초보운전인 거 티 났어요?"

"조금요. 장거리 운전은 처음이죠?"

"두 시간 이상 운전한 건 처음이에요. 사실 오는 동안 조마조마했어요. 꽉 잡으셔야 할 거예요."

그가 핫도그를 베어 먹으며 답했다.

"죽더라도 오는 길에 죽었으면 좋겠네요. 아이유의 나라에 와서 아이유의 후배와 함께 아이유가 다녔던 고등학교에도 가봤고, 이제 드라마 촬영장을 돌아본다면 여한이 없겠습니다."

그러고 보니 호텔 델루나는 저승에 가기 전에 들르는 곳이었다. 산 자가 아닌 죽은 자를 손님으로 모시는 호텔. 아이유가 연기한 호텔 델루나 사장 장만월은 죽은 자들의 미련을 풀어주고 극진히 대접한다. 나는 귀신인지 사람인지 헷갈리는 만월이 사람에 가깝다고 생각했다. 만월에겐 감정이 남아 있기 때문이다. 구찬성이 전 여친을 만났다는 말에 질투를 하는 만월은 삶에 대한 미련이 흘러넘쳤다. 그 드라마를 보면서 나는 이런 생각을 했다. 내가 호텔 델루나에서 장만월을 만난다면, 그러니까 내가 죽게 된다면 나는 내 삶에 어떤 미련을 갖고 있을까. 혹시 아무런 열정 없이 삶을 흘려보낸 것을 후회하진 않을까.

목포 시내로 들어서자 그는 창문을 열고 사진을 찍었다. 나는 고등학교 때 수업을 빼먹고 촬영장에 가서 진을 치던 빠순이 동창을 떠올리며 물었다.

"아예 촬영할 때 와보시지 그랬어요? 요즘은 어디서 촬영을 하는지 실시간으로 정보가 뜨잖아요. 촬영장에서 진을 치고 있으면 실물을 영접할 수 있을지도 몰라요."

"콘서트가 아니고서야 촬영 현장에 가는 건 자제하려고 해요."

"왜요?"

그는 잠시 말을 멈추었다가 말했다.

"자신이 없거든요. 이성을 잃을 것이 분명해요. 다가가서 악수를 강요한다든가 머리카락 한 가닥이라도 달라고 조른다거나요."

"설마요. 나이도 먹을 만큼 먹은 분이."

그가 싱긋 웃으며 말했다.

"최애 앞에선 나이도 소용없어요. 눈이 부셔서 아무것도 안 보이니까요."

그러고 보니 최애의 머리카락을 뽑으려고 시도하는 극성 팬들이 있다는 이야기를 들은 적이 있었다. 사실 그는 어딘가 어린아이 같았다. 중년의 나이지만 핫도그를 먹을 때, 포토존에서 사진을 찍을 때 눈빛과 몸짓에 장난기가 가득했다. 그가 진지한 표정을 지으며 말했다.

"거리를 두고 싶어요. 그래야 사고가 안 나거든요. 최애를 위해서는 적정 거리를 확보해야 해요. 목포 여행으로 충분합니다. 그곳에 아이유는 없어도 그녀의 흔적은 남아 있을 테니까요."

나는 그 순간 속도를 줄이며 앞차와의 거리를 벌렸다.

– 어쩜 이렇게 하늘은 더 파란 건지 오늘따라 왜 바람은 또 완벽한지 그냥 모르는 척 하나 못 들은 척 지워버린 척 딴 얘길 시작할까…….

그가 아이폰에서 흘러나오는 '좋은 날'을 허밍으로 따라 불렀다. 노래 가사처럼 완벽한 날씨였다. 나는 차창을 내리며 물었다.

"결혼은 하셨어요?"

갑작스러운 질문이었는지 그가 콧노래를 멈추며 말했다.

"아니요. 연애도 몇 번 못해봤어요. 마지막 연애가 언제였는지 기억도 안 나네요. 마지막에 만난 사람이 저는 결혼해서는 안 될 사람이라고 하더군요."

안타깝게도 그는 현실 연애에서는 거리 두기에 실패한 모양이었다. 사실 그는 겉으로 보기에 아이를 두셋 둔 아빠처럼 보였다. 독신의 중년 남성보다는 넉넉하고 포근한 아버지 역할이 더 잘 어울렸다.

"혼자 사는 것에 익숙해져서 이제 결혼 생각은 없습니다. 덕질만으로도 벅차요."

최애의 후배

첫, 아이유하고 사귀는 것도 아니면서. 내 마음을 읽었는지 그가 덧붙여 말했다.

"남들은 비웃을지 모르지만 나는 나와 최애의 관계가 남녀 간의 사랑보다 사소하거나 가볍다고 생각하지 않아요."

목포는 서울과 달리 높은 건물이 많지 않았다. 무더운 날씨 때문인지 거리에 사람도 많이 보이지 않았다. 연인으로 보이는 남녀가 부채질을 하면서 차 옆을 스쳐 지나갔다. 주차를 하고 차에서 내리자 그가 식사를 하고 들어가자고 했다. 시간을 확인하니 점심시간이 한참 지난 상태였다. 능소화가 흐드러지게 핀 주택을 지나자 작은 식당이 나왔고, 우리는 약속이라도 한 듯 안으로 들어갔다.

뚝배기에 담긴 돼지국밥을 한술 뜨던 나는 고기를 간신히 목구멍으로 삼켰다. 국밥에 들어간 고기에서 비린내가 났고 조미료로 범벅된 반찬은 맛이 없었다. 목포는 맛의 도시라는데 이렇게 얻어걸리기도 쉽지 않을 텐데. 맛집 검색을 해보고 들어왔어야 했다고 후회했지만 그는 엄지를 치켜세우며 맛있다고 말했다.

"그런데 어떻게 그렇게 한국어를 잘하세요?"

억양이 조금 어색할 뿐 그의 한국어는 흠잡을 데가 없었다. 그가 김치를 입에 넣으며 답했다.

"좋아한 지 10년이 넘었으니까요."

그는 아이유 팬클럽에 가입하고 10년이 넘도록 하루도 빠짐없이 한국어로 아이유를 검색하면서 그녀의 활동을 추적해왔다면서 한국어는 그 과정에서 자연스럽게 배웠다고 했다.

"대체 아이유의 어디가 그렇게 좋아요?"

"글쎄요, 어려운 질문이네요. 좋지 않은 것이 없으니까요. 단점도 장점도 다 매력이거든요. 굳이 하나 꼽자면 작품마다 얼굴이 다 달라 보이는 것? 다양하게 변신할 수 있는 얼굴과 눈빛이겠죠."

식당에서 나온 그는 부른 배를 두드리며 여유 있게 걸었다. 드디어 장엄한 적색 건물이 눈앞에 등장했다. 역사관을 향해 길게 난 계단을 올려다보던 아저씨가 손가락으로 건물을 가리키며 말했다.

"호텔 델루나예요!"

드라마에서 봤던 건물이 위용을 뽐내며 눈앞에 서 있었다. 나는 신이 나서 계단을 두 칸씩 오르는 그를 따라 위로 올라갔다. 역사관 앞에서 숨을 고르던 그는 내게 아이폰을 건네며 건물이 나오게 사진을 찍어달라고 했다.

역사관 안으로 들어서며 나도 모르게 긴장했다. 붉은 립스틱을 바른 장만월이 "어서 오세요. 델루나에 오신 걸 환영합니다"하며 맞아줄 것 같았지만 목포의 역사가 전시된 역사관 내부는 경건한 분위기였다. 그동안 목포에 대해 내가 아는 것이라고는 어느 노래의 가사처럼 목포가 항구도시라는 것뿐이었다. 역사관에는 일제에 수탈당한 목포의 슬픈 역사가 전시되어 있었다. 목포는 개항 이후 항구도시로 발달하면서 다양한 노동자 계층이 형성된 도시였다. 일제 치하 노동자의 현실은 열악했으므로 노동자의 처우 개선을 위한 노동운동이 활발히 일어났다. 목포는 노동운동의 성지이자 항일민족운동의 성지였다. 내가 목포의 역사를 곱씹으며 역사관을 돌아보는 동안 아저씨는 옆에서 아이유의 역사를 읊었다.

"아이유는 오디션에 여러 번 떨어졌지만 어린 나이인 열다섯 살에 데뷔했어요. 데뷔무대에서는 큰 관심을 끌지 못했지만 현재 최정상의 자리에 오른 것은 결코 우연이 아닙니다. 그녀가 오랫동안 노력해 얻어낸 결과물이라고 할 수 있죠. 그녀가 처음으로 주연으로 발탁된 드라마는……."

그녀가 출연한 드라마 줄거리까지 줄줄 외는 아저씨 덕분에 목포 근대역사관이 아니라 아이유 역사관을 돌아본 기분이었다.

역사관 안에 마련된 포토존을 발견했을 때는 허탈했다. 〈호텔 델루나〉 포스터를 그려놓은, 파란색으로 배경을 칠한 자그마한 공간에는 둥근 의자가 두 개 놓여 있었다. 그곳에서 그는 내게 함께 사진을 찍자고 했다. 포토존 앞에 삼각대를 세운 그가 잽싸게 자리로 돌아와 양손을 정수리에 얹어 하트 모양을 만들었고 나는 천년 묵은 괴팍하고 사치스러운 귀신, 호텔 델루나의 사장 장만월처럼 도도한 표정으로 카메라를 응시했다.

다시 차에 올라 어디를 갈까 고민하는 그에게 내가 말했다.

"케이블카 타러 가요. 목포 해상 케이블카가 유명하대요."

북항에서 고하도를 왕복하는 케이블카는 두 종류가 있었다. 발밑이 투명한 유리로 되어 있는 백색 케이블카와 발밑이 막힌 빨간색 케이블카. 내가 매표소 직원에게 5천 원 저렴한 빨간색 케이블카를 달라고 하자 그가 직원에게 카드를 내밀며 백색으로 달라고 정정했다. 그는 웃으며 말했다.

"더 좋은 걸로 해요. 목포 케이블카를 탈 수 있는 기회가 언제 또 올지 모르니까요."

케이블카 안에서 그는 말이 없었다. 입을 헤벌린 채로 밑을 내려다볼 뿐이었다. 유달산과 목포 시가지, 다도해가 우리의 운동화 밑으로 펼쳐졌다. 바다 위를 지날 때는 그의 입에서 감탄사가 흘러나왔다. 사방에서 물과 바람 소리가 들려왔고 발밑으로 보이는 윤슬은 팔색조 매력을 지닌 아이유의 다양한 눈빛과 표정처럼 시시각각 빛났다. 그는 오랜 시간 사랑해온 자신의 최애를 마주한 것처럼 경이로움을 담은 눈빛과 신사다운 태도로 자연경관을 감상했다.

목포여행의 마지막 코스는 포장마차 거리였다. 인터넷으

로 검색해보니 목포항에 컨테이너 부스를 활용한 포장마차 거리가 형성되어 있었다. 이번엔 제대로 찾아온 것 같았다. 초저녁인데도 테이블이 절반 가까이 채워져 있었다. 포장마차 입구에 서 있는 남자아이가 눈에 들어왔다. 서너 살로 보이는 아이는 비눗방울을 입에서 뿜어내고 있었고, 아이 엄마로 보이는 여자는 누군가와 통화를 하고 있었다. 여자는 우는 것을 아이에게 들키지 않으려는 듯 아이를 등지고 바다를 향해 서 있었다.

나는 포차 안으로 들어서자마자 말했다.

"이번엔 제가 살 테니 마음껏 드세요."

그가 고개를 저으며 말했다.

"최애의 후배에게 술값을 내라고 할 순 없죠."

목포항 바다와 유달산이 바라다보이는 포차에서 마주 앉은 우리는 입을 벌린 채로 육회와 산낙지를 섞은 육회산낙지탕탕이를 내려다봤다. 아저씨가 소주잔을 엎으며 말했다.

"운전을 해야 하는 후배님을 두고 혼자 마실 순 없어요."

그는 점원을 불러 사이다를 한 병 시켰다. 그리고 숟가락으로 능숙하게 병을 딴 다음 내 앞에 놓인 맥주잔에 사이다를 따르며 말했다.

"멋진 여행이었어요. 평생 잊지 못할."

그에게는 아이유의 콘서트에 온 것만큼이나 오늘이 특별

한 날인 모양이었다. 그가 꿈틀거리는 산낙지를 젓가락으로 집어 입에 넣으며 말했다.

"후배님도 언제 싱가포르에 올 일 있으면 연락하세요. 제가 가이드할게요. 여동생 방에 하룻밤 재워드릴 수도 있습니다."

최애의 후배는 언제든 환영이니 놀러 오라는 말로 들렸다.

"안 그래도 요즘 뒤숭숭한데 싱가포르 여행이나 갈까요?"

그가 조심스럽게 물었다.

"무슨 고민 있어요?"

"사실은 대학 졸업하고 회사를 몇 년 다니다가 권고사직을 당했어요. 상사가 회사에 나오는 제 표정이 도살장에 끌려 나오는 소 같다면서 이 일이 맞지 않는 것 같은데 그만두는 게 어떻겠냐고 하더라고요. 그 말을 들었을 땐 절망스러웠는데 막상 회사를 그만두고 나니 어찌나 홀가분했는지 몰라요. 구직활동을 하는 동안 마음이 편했어요. 재취업에 성공하지도 못했지만 다시 회사에 다녀야 한다고 생각하면 괴로워요. 이왕 이렇게 된 거 정말 하고 싶은 게 뭔지 생각해보려고 해요. 대학 때처럼 닥치는 대로 아르바이트를 하면서 지낼 생각이에요. 편의점 알바라든가 웨딩홀 예식 도우미라든가……."

"좋은 생각이에요. 누구나 그런 시간이 필요하죠. 다시 날아오르기 전에 잠시 숨을 고르는 시간이요."

그가 탁자를 살짝 내리치며 말했다.

"아참, 아이유가 시상식 도우미 역할을 한 적이 있어요."

"지은 선배가요?"

"〈리얼〉이라는 영화에 카메오로 출연했어요. 그 장면을 백 번은 돌려봤죠."

"멋진 장면이었어요?"

"아니요. 대사 한마디 없이 병풍처럼 서 있었지만 이상하게 그 장면이 좋더라고요. 아이유의 오디션 영상도 자주 돌려봐요. 떨어진 오디션 영상이요. 그 두 가지가 내가 가장 많이 찾아보는 영상이에요."

나는 여전히 포차 앞에서 비눗방울을 내뿜는 아이를 바라보며 물었다.

"덕질을 하는 동안 안 좋은 일은 없었어요?"

그가 생각났다는 듯이 자신의 이마를 두드리며 말했다.

"사기를 당한 적이 있어요. 아이유를 막 좋아하기 시작했을 때였는데 인터넷 카페에서 알게 된 사람이 자신이 한국인이라면서 돈을 주면 아이유가 출연한 드라마, 예능 프로를 모두 구운 시디를 보내주겠다고 했어요. 자신이 번역해서 자막도 깔았다면서요. 즉시 돈을 입금했는데 아무리 기다려도 우편물이 오지 않더라고요."

"왜 의심하지 않았어요?"

그가 웃으며 답했다.

"아이유를 좋아하는 사람이 그런 짓을 할 거라고 생각하지 않았거든요. 물론 그는 아이유의 팬이 아니었겠지만요."

좋아하는 마음을 이용하는 사람들이 있다니. 누군가를 미치도록 좋아하는 상태는 위험한 상태인지도 모른다. 하지만 그런 일쯤은 그에게 상처가 되지 않는 것 같았다. 그에겐 덕질이 삶의 이유이고 구원일 테니까.

나는 공중에 떠다니는 비눗방울을 보면서 장만월에게 구찬성이 그렇듯 아저씨는 아이유를 소멸되지 않게 지키는 존재가 아닐까 생각했다. 스타는 팬들의 사랑을 연료 삼아 살아가므로 팬이 단 한 명도 없으면 스타는 소멸할 수밖에 없을 테니까.

비눗방울 사이로 희미한 얼굴이 떠올랐다가 사라졌다. 내 기억에는 없지만 나는 두 살 때 목포에 온 적이 있다. 엄마는 아빠와 결혼하기 전에 나를 가졌다. 동거한 지 3년째 되던 해에 입덧이 시작되었다. 배가 불러오기 시작했고 예정일을 일주일 앞둔 날 아침에 회사에 간 아빠가 집으로 돌아오지 않았다. 혹시나 하는 마음에 회사에 전화해보니 사장은 아빠가 회사를 그만둔 지 며칠 되었다고 했다. 엄마는 홀로 나를 낳은 뒤 아빠 친구를 찾아가 아빠의 고향 집 주소를 알아낸 다음 나를 데리고 목포에 갔다. 엄마는 할머니, 할아버지에게 아이가 크면 학교에 가야 하는데 혼인신고를 하고 출생신고도 해야 학교에 보낼 수 있다면서 아빠가 어디에 있는지 알려달라고 했다. 그들은 나를 곁눈질하며 자신들도 아들과 연락이 잘 안 된다고 했다. 이것이 엄마에게 아빠에 대해 전해 들은 전부였다.

엄마에게 왜 결혼도 하기 전에 동거를 하고 아기를 가졌느냐고 따져 물은 적이 있다. 엄마는 웃으며 답했다. 너무 좋아서 어쩔 수 없었어. 이것저것 재고 셈할 생각조차 하지 못했어.

그날의 기억 때문인지 나는 목포를 막연히 이별의 도시라고 생각해왔다. 이별과 배신의 항구도시. 하지만 오늘 목포는 사랑의 도시였다. 건너편에 앉은 사람이 그것을 증명하고 있었다. 그는 상대가 자신의 존재를 몰라도 상관없이, 아무것도 바라지 않고 퍼주는 사랑을 하고 있었다. 두려움도 없이.

나는 그의 잔에 사이다를 따르며 말했다.

"믿을지 모르지만 전 한 번도 없었어요. 그런 마음 자체가 든 적이요. 누군가를 미치게 좋아한다거나 무언가를 미치도록 하고 싶다거나."

"언젠가는 생기지 않을까요? 그렇다면 물불 안 가리고 달려갈 거예요."

"그럴까요?"

그가 얼굴에 장난기 가득한 미소를 띠며 답했다.

"그럼요. 이제 장거리 운전도 잘하잖아요."

두 겹의 웃음

전석순

전석순

《강원일보》 신춘문예에 단편소설 〈회
전의자〉가 당선되어 등단했다. 장편소
설 《철수 사용 설명서》로 오늘의 작가상
을 받았다. 장편소설로 《거의 모든 거짓
말》, 중편소설로 《밤이 아홉이라도》, 소
설집으로 《모피방》 등이 있다.

손을 든 건 나와 헌 둘뿐이었다. 순간 분주하게 오가던 시선이 하나둘씩 모였다. 그 사이에서 두리번거리던 정미는 큼큼거리다가 나지막한 목소리를 내뱉었다.

"그럼…… 사전답사는 둘이…… 다녀오는 게…… 어떨까?"

사뭇 조심스러운 말투였다.

정미는 계획서를 훑어보다가 틈틈이 내 쪽을 힐끔거렸다. 괜찮겠느냐고 묻는 것일지도 몰랐다. 내가 가지 않겠다고 하면 회의는 한없이 길어질 게 빤했다. 바이러스 확산으로 몇 년 동안 취소되었던 문학기행이 거리 두기가 완화된 올해는 예정대로 계획되었다. 재학생들의 호응이 뜨거운 만큼 정미는 저렴한 비용으로 최대한 알찬 일정을 짜고 싶어 했다. 그동안 학생회를 운영하면서 미흡했던 부분을 좀 만회해보려는 마음도 조금쯤 깃들어 있을지도 몰랐다. 하지만 시작부터 삐그덕거렸다. 한쪽에서 회비를 넉넉하게 걷어서라도 여유로운 일정을 준비하고 숙소와 식사에도 신경 쓰는 쪽이 낫지 않겠냐고 나섰다. 그 와중에 서로 다른 사정을 고려해 회비가 부담스럽지 않아야 한다는 목소리도 높아졌다. 회의 내내 정미는 난감한 기색이 역력했다. 그나마 장소라도 쉽게 결정된 게 다행이었다.

이번 학기 전공 시간에 김우진과 차범석의 작품 세계를 다룬 데다가 김현의 평론까지 곁들여 배웠으니 올해 문학기행의 장소가 자연스레 목포로 정해진 건 이상할 게 없었다. 종강을 앞두고 실시한 설문조사에서 산보다는 바다 쪽에 대한 수요가 압도적으로 많았던 것도 그 이유 중 하나였다. 여태 사전답사는 선배와 후배가 짝지어 다녀왔다. 그런데도 내가 헌과 함께 목포에 다녀와야 하는 건 어쩐지 균형을 맞추기 위해 매 순간 안간힘을 써야 하는 일처럼 보였다. 조금이라도 방심하면 순식간에 한쪽으로 기울어져 넘어질 것만 같은.

나는 괜찮다는 뜻으로 어깨를 으쓱하고 헌 쪽으로 고개를 돌렸다. 헌은 눈썹을 희미하게 씰룩거리는 듯했지만 확실하진 않았다. 이어서 할 말이 있다는 듯 입술을 조금 벌리는가

두 겹의 웃음

싶더니 이내 꾹 다물었다. 고개를 살짝 숙이자 어디를 응시하고 있는지조차 알 수 없었다. 그러고 보면 학기 내내 거의 비슷한 얼굴이었다. 사람들 사이에 끼어 있으면 조금도 튀지 않았지만 어느 순간 확연히 도드라지는 얼굴. 조금 일렁이는가 싶다가도 곧바로 잠잠해졌다. 우리 모두 마스크를 벗은 지도 꽤 지났는데 헌은 여전히 마스크를 쓰고 있는 듯했다.

"끝나고 잠깐 남아서 의논하자."

내 말에 고개를 돌린 헌은 바람에 한들거리듯 끄덕였다.

이제껏 나는 헌에게 말을 걸 때마다 적절한 표현인지 한번 더 따져보곤 했다. 번번이 적당한 거리를 계산하면서 손짓이나 억양에도 신중했다. 헌은 한 번도 툴툴거리거나 싫은 내색을 비치진 않았지만 그렇다고 호탕하게 웃거나 긍정적인 신호를 보내지도 않았다. 항상 뻣뻣한 자세를 유지하는 것처럼 보였고 한쪽 구석에서 주눅 든 채로 웅크리고 있는 듯도 했다. 그래서 어느새 나도 모르게 심각한 잘못을 저지른 건 아닌지 판단할 수 없었다. 그러니까 나는 여름방학에 들어설 때까지도 여전히 헌을 어떻게 대해야 좋을지 알 수 없었다. 무덤덤한 태도로 일관하는 것도 어딘지 모르게 어쭙잖아 보였다. 헌에게 대놓고 묻고 싶을 때도 있었지만 그조차도 예의에 한참 어긋난 듯했다.

"둘이 수고 좀 해줘. 누군가는 갔다 와야 하잖아."

뒤에서 흘러든 목소리에 다들 가볍게 손뼉을 쳤다.

별다른 이견은 나오지 않았다. 이미 아르바이트 일정을 짠 사람이 많았고 여행 계획이나 학원 수강과 겹치기도 했다. 정미마저 올해도 문학기행이 취소될 줄 알고 학기 초부터 봉사 활동 계획을 세워놓았다. 그나마 문학기행 일정을 비울 수는 있었지만 사전답사까지는 무리였다. 이번 방학 동안 아무 계획도 세우지 않은 사람은 별로 없는 듯했다. 처음에는 학생회 임원들의 시간을 조율하던 정미가 상황이 여의치 않자 질문을 바꿔 목포에 가본 사람이 있는지 묻던 참이었다. 그때 우리 둘은 나란히 손을 들었다.

나는 헌이 목포에 갔었던 이유를 알 것도 같았지만 확신할 수는 없었다.

정미는 헌이 문학기행에 참가한다는 의사를 밝힌 다음부터 눈에 띄게 안절부절못했다. 가뜩이나 헌에게 의도치 않은 실수라도 저지를까 봐 평소에도 늘 조마조마해하던 정미였다. 정미는 대개 후배들을 괄괄한 태도로 대했지만 헌에게만은 부드럽다 못해 때론 깍듯하게까지 보였다. 교수님도 정미를 따로 불러 헌을 조심히 대해야 한다고 당부한 눈치였다. 다들 주의를 기울여야 한다고 다짐했지만 방식을 몰라 허둥대기 일쑤였다. 언니나 오빠 흉을 보다가 입을 꾹 다물었고 놀이공원에 함께 놀러 가자는 말조차 꺼내기까지 오랫동안 주저했다. 시시껄렁한 농담마저 상처가 되지 않을까 싶어 잘 하지 않게 되었다. 정미는 그 짐을 오롯이 내게 다 떠넘기는 듯해 신경이 쓰이는 듯했다. 그 때문인지 회의가 끝나고 나와 헌만 강의실에 남아 마주 앉을 때까지 좀처럼 시선을 거두지 않았다. 내가 턱짓을 보내지 않았으면 구석에서 계속 지켜보고 있을 기세였다.

나는 헌 앞에 앉아 자세를 바로잡고 천천히 숨을 골랐다.

"각자 조사한 다음에 만나서 돌아보는 걸로 할까?"

둘이서만 시간을 맞춰보니 사전답사 일정은 어렵지 않게 잡혔다. 정미는 아무래도 내가 나서서 일정을 다 짜야 하지 않겠냐고 했지만 막상 목포에 가보니 반대일 때도 적지 않았다. 헌은 유명한 관광지를 모르고 놓치기도 했고 아무도 눈길을 주지 않을 듯한 거리나 지름길을 환히 꿰뚫고 있을 때도 있었다. 그때까지 나는 헌이 목포에 갔었던 이유를 단정 짓지 않았다. 돌이켜보면 단지 모르는 척하고 싶었던 것일 수도 있다.

그때 지훈과 나는 원래 정읍역에서 내려야 했다. 우리는 내장산에 갈 작정이었다. 지난밤 지훈의 자취방에서 우리나라 명산을 다룬 다큐멘터리 시리즈를 보다가 어쩐지 내장산이 스무 살이 다 지나가기 전에 꼭 다녀와야 할 곳처럼 느껴졌기 때문이다. 그쯤 우리가 정할 수 있는 건 고작 다음 학기에 들을 수업과 아르바이트 자리뿐이었고 그나마도 마음대로 되진 않았다. 어쩐지 누군가 정해놓은 대로만 흘러가는 듯해 억울하면서도 경로를 벗어나는 게 몹시 두려웠다. 다음 날 별다른 짐도 챙기지 않은 채 훌쩍 기차에 오르는 정도가 우리가 저지를 수 있는 최대한의 이탈이었다. 그렇게 생각하자 계획이 틀어진 일정과 준비 없이 떠나는 여행에도 거리낌이 없었다. 그러니 사실 꼭 내장산이 아니어도 괜찮았다.

전날 잠을 설친 탓에 한창 곯아떨어지다가 익산역을 지날 때쯤 겨우 깼다. 지훈이 먼저 일어나 나를 깨운 것도 같고 그 반대일 수도 있다. 분명한 건 그때부터 출발할 때와는 달리 화기애애했던 분위기가 얼마간 험악해졌다는 것이었다. 나중에는 지훈의 얼굴이 붉게 달아오르기까지 했다. 지금도 또렷하게 기억나지 않는 걸 보면 분명 사소한 말다툼이었을 것이다. 둘 중 하나가 만난 지 며칠째인지 혼동했거나 난데없이 지난 연인을 들먹였을 수도 있다. 아니면 내가 이왕이면 KTX를 타자고 했는데 지훈이 차라리 무궁화호를 타는 대신 아낀 돈으로 맛있는 걸 먹자고 했던 일을 다시 들먹이며 싸웠을지도 모르겠다. 그쯤 우리는 별거 아닌 일로 달려들어 으르렁거리다가 또 쉽게 말랑해지곤 했다. 하지만 그날은 정읍역을 지나칠 때까지 날 선 말을 주고받으며 쏘아붙이기 바빴다. 다른

두 겹의 웃음

승객들에게 피해를 줄 것 같아 통로에 나가면서까지 싸움을 계속했다. 통로에서는 소음 때문에 목소리를 더 높여야 했다. 역에 정차할 때마다 타고 내리는 승객들이 빠짐없이 우리를 노려봤지만 신경 쓸 여유조차 없었다.

그러다 어느새 종착역에 도착해 있었다.

큼지막한 짐을 들고 서둘러 내리는 사람들에게 떠밀려 우리는 개찰구를 지났다. 역무원에게 "스무 살이면 이제 성인인데⋯⋯"를 시작으로 나무라는 얘기를 들으며 추가운임을 물고 나서야 어기적거리며 역전까지 나올 수 있었다. 그제야 여기가 목포역이라는 걸 알았다. 당장 올라가는 기차를 예매하려고 했지만 연달아 매진이었다. 남은 자리를 알아보았으나 한참을 기다려야 했다. 아무래도 오늘 중으로 정읍역에 갈 순 없을 듯했다. 우리는 별다른 말도 없이 광장을 어슬렁거렸다. 매서운 바람이 우르르 들이닥치자 몸을 돌려 반대쪽으로 방향을 틀었다. 내가 앞장섰는지 아니면 뒤따라갔는지는 정확하게 떠오르지 않는다. 다만 지훈의 심드렁한 목소리만은 또렷하게 남아 있다. 지나고 나면 왜 지훈도 기억하지 못, 별거 아닌 얘기들만 또렷하게 떠오르는 건지 도통 알 수가 없다.

"우리나라니까 어딜 가나 산은 있겠지, 뭐."

그 말이 뭐가 그렇게 우스웠는지 돌연 허리까지 뒤로 꺾어가며 키득거렸다. 지훈도 따라 웃으며 망설임 없이 걸음을 이어나갔다. 내가 길을 알고 가는 거냐고 물었고 지훈은 무작정 가다 보면 뭐라도 나오지 않겠냐고 답했다. 심각한 얼굴로 발을 구르며 좀처럼 걸음을 떼지 못하는 것보단 차라리 나은 것도 같았다. 얼마 걷지 않아 유달산을 알려주는 표시판이 나왔고 그때부터 우리는 마주 보며 시시덕댔다. 그로부터 며칠 지나지 않아 우리는 헤어졌다. 그게 그날의 말다툼 때문인지 결국 산에는 오르지 않았던 탓인지 알 수 없었다. 목포에 가지 않았으면 어땠을지 생각해보지만 이제 와선 아무 소용없는 일이다. 어쩌면 이미 오래전부터 관계가 조금씩 어그러지고 있었던 것일지도 모르겠다.

"저도 그맘때쯤 왔었는데."

나와 눈이 부딪치자 헌이 말을 이었다.

"……어쩌면 마주쳤을지도 모르겠네요."

나는 헌에게 목포에 왔던 이유를 물어도 될지 망설였다. 헌이 학교에 떠도는, 하지만 아무도 입 밖으로 내지 않고 있는 소문과 일치하는 대답을 한다면 얼마간 난처할 것 같았다. 엷은 웃음을 짓는 것도, 무겁게 가라앉은 얼굴을 내비치는 것도 어울리지 않을 듯했다. 그렇다고 거짓말로 엉뚱한 상황을 늘어놓는다 해도 별다를 게 없을 터였다. 나뿐만 아니라 다들 헌에게 그 흔한 별명 하나 지어주지 않을 정도로 무척 조심스러웠다. 나중에는 노래방에 같이 가자고 하거나 술자리에 부르는 것도 번번이 고심해야 했다. 그 누구도 이렇게 가까이에서 자주 마주치게 될 줄은 몰랐다.

고민이 더 이어지기 전에 헌은 심드렁하게 덧붙였다.

"저는 혼자 왔었어요. 마음을 단단히 먹고 내려왔는데 결국 근처만 서성이다 갔어요."

"……그랬구나……."

그게 어디였는지, 혹시 내가 짐작하는 곳이 맞는지 물으며 목소리를 덧대려다가 애써 시선을 돌렸다. 나의 스무 살은 거칠고 어긋나다가 어딘가 불쑥 튀어나오는 꼴이었지만 헌은 좀 다른 질감이었다. 오랫동안 부딪히고 깨지다가 결국 으깨지면서 다듬어지고 또 다듬어진, 그래서 손에 잡히기도 전에 미끄러져버린 듯했다.

목포역 앞은 예전과 비슷한 듯하면서도 어딘지 모르게 달라져 있었다. 본격적으로 돌아다니기에 앞서 지훈과 현금부터 찾았던 국민은행은 이전했고 구두 수선집 자리도 비어 있었다. 처음부터 아무것도 없었던 것처럼. 지훈은 여행경비가 다 떨어지면 저기서 허드렛일이라도 도맡아 할 테니 걱정하지 말라며 으스댔고 나는 우스꽝스러우면서도 한편으론 괜히 든든한 마음에 피식거렸다. 세면도구를 샀던 편의점은 그 자리에 그대로 있었지만 바뀐 로고에 맞춰 간판을 새로 내건 듯했다. 처음에는 낯설고 눈에 익지 않았지만 어느새 이전 로고를 잊을 만큼 익숙해졌다. 시야를 넓혀보니 높은 빌딩도 보였다. 지훈과 함께였을 때는 나지막한 건물만 눈에 들어왔었던 것 같은데. 지도를 확인해보니 얼마 전에 새로 지은 호텔이었다. 스무 살이었던 우리는 목포에서 싸고 괜찮은 숙소를 발견하면 환호성을 지르며 제자리에서 뛰어올랐다. 식당에서 서비스로 주는 공깃밥 하나에도 헤벌쭉했다. 지금이라면 예전보단 더 괜찮은 숙소에 머물 수도 있을 것이었다. 그러고 보니 우리가 사진으로 남겨둔 현수막도 없었다. 현수막에는 '낭만 항구 목포에서 좋은 추억을'이라고 쓰여 있었다. 그게 꼭 기차에서 싸우는 바람에 잘못 도착한 우리에게 반드시 필요한 부적처럼 느껴졌다. 지금까지 현수막이 남아 있다 해도 너덜너덜해졌거나 글씨가 다 지워졌을 것이다. 혹시 헌도 그 현수막을 봤을까. 봤더라도 아마 사진은 찍지 않았을 것 같다.

옆으로 다가온 헌은 목포역 오른편에 있던 식당과 농원이 그대로라고 했다. 정면에 보이는 핸드폰 대리점과 병원까지도.

"저기도 여전히 비어 있네요."

헌이 가리키는 쪽은 건물 2층이었다. 창문에는 '상가 임대'라고 큼지막하게 쓰여 있었다. 나는 가물가물했지만 헌은 목포역을 빠져나오자마자 그 건물에 있는 약국에 들러서 분

172   두 겹의 웃음

명히 기억난다고 했다. 역에서 나와 은행이나 편의점도 아니고 왜 약국부터 찾아갔는지 물어보려다 말았다. 어젯밤 주요 일정을 확인해주던 정미가 통화 끝에 여러 번 부탁했던 말이 맴돌았기 때문이다. 먼저 나서서 캐묻진 않는 게 좋겠어. 우리가 위로는 못 하더라도 더 힘들게 하진 말아야지.

마냥 늑장을 부릴 순 없어 우리는 젊음의 거리를 지나 종종걸음으로 이동했다. 지훈과 거닐었을 때와는 다르게 젊음의 거리가 어쩐지 사뭇 낯설게 느껴졌다. 이전보다 좀 한산해진 탓일 수도 있고 단지 그동안 내가 젊음과 조금 더 멀어졌기 때문일 수도 있었다. 시간이 지나도 젊음의 거리는 늘 젊음으로 남을 거란 생각이 이어졌다. 그사이 헌은 한 건물 앞에서 멈칫했다. 그 건물에도 '임대 문의'라고 쓰여 있었다. 현수막에 쓰인 글씨는 건물의 한쪽 면을 거의 뒤덮을 듯 큼지막했다. 헌은 몇 년 사이 아무도 들어서지 않은 채 비어 있는 건물이 내내 맘에 걸리는 듯했다.

"쭉 비어 있었던 걸까요?"

"누가 들어왔다가 얼마 전에 나간 걸지도 모르지."

나는 헌을 비켜서면서 이 거리를 지나는 동안 지훈과 나눴던 얘기를 떠올렸다. 가령 좋아하는 노래나 음식 같은, 이어서 어릴 때 크게 혼났을 때와 최근 울었던 기억처럼 시답잖은. 그간 헌은 간판에 지워진 글씨를 곧잘 알아맞혔다. 예전보다 희미해진 목포시 자원봉사센터와 거의 자국만 남아 얼핏 보면 '사'와 '마'만 알아볼 수 있는 슈퍼 이름까지 정확하게 떠올렸다. 스튜디오와 꽃집이 그대로인 것도, 행복이라는 이름이 들어간 갤러리가 번호를 달고 이어져 있는 것도 알아봤다. 예전에 몇 번까지 있는지 세어보다가 말았다고도 덧붙였다. 옆에 선 나는 종일슈퍼가 있던 자리에 커피집이 들어섰다거나 '결혼을 만드는 사람들'이 없어졌다는 식으로 말을 보탰다. 여태 기억에 남아 있는 건 지훈이 슈퍼에 들어가 음료수를 사왔고 쇼윈도에 걸린 결혼사진 앞에서 주춤거렸던 기억 덕분이었다. 그 앞에서 나눈 얘기는 윤곽도 잡히지 않았다. 오래전 일이 아닌 듯하면서도 너무 멀게만 느껴졌다.

그쯤에서 나는 헌이 혼자 걸었을 목포 거리를 상상해봤다. 북적이는 거리 대신 아무도 없는 공간을, 화려하게 빛나는 간판보단 조금씩 지워져만 가는 글씨를 따라 걷는 길이 어롱거렸다. 어쩌면 지금 헌도 지나온 시간만큼 비워지고 지워졌을까. 아니면 도리어 점점 선명해지기만 했을까.

갈비탕 집이 보이자 목적지에 거의 다다랐다는 걸 알 수 있었다. 나와 지훈처럼 헌도 거기에서 늦은 점심을 먹었다고 했다. 그때 헌은 고등학생쯤 됐으려나. 같은 시간에 식당에 있었다면 확실히 눈에 띄었을 것도 같았지만 모르고 지나쳤다

두 겹의 웃음

고 해도 가능성이 아예 없진 않았다. 그만큼 헌의 얼굴은 특징을 잡아낼 수 없었다. 소문을 몰랐다면 나는 이제껏 헌을 그저 조용하고 무뚝뚝한 후배 정도로만 여기고 있을지도 모르겠다. 어쩌면 이름을 헷갈려하고 얼굴이나 목소리마저 제대로 기억하지 못했을 수도 있다.

"이만하면 걸을 만하지 않아?"

"저는 괜찮은데요, 선배님은요?"

"나도."

목포 근대역사관에 도착하자마자 시간부터 확인했다. 도보 10분 정도면 걸어가는 게 나을지 차량을 이용해야 할지 곰곰이 따져봤다. 회의에서는 의견이 분분했다. 안전과 편의성을 고려해 무조건 차량으로 움직이자는 무리와 그 지역의 거리를 걷는 데에 문학기행의 진정한 의미가 있다는 쪽이 팽팽하게 맞섰다. 무리에서 사고 사례를 예시로 들면 반대편에서는 걷기를 예찬한 문학작품을 제시하는 꼴이었다. 그 틈에서 완벽하게 평형을 잡는 건 어려웠다.

둘러볼 장소를 선정할 때는 의견 차이가 크지 않았다. 문학기행의 목적은 목포문학관과 북교동 예술인 골목을 중심으로 목포의 주요 관광지를 탐방하는 데에 있었다. 그 사이를 우리 둘이 직접 걸으면서 체험해봐야 했다. 통행에 어려움은 없는지, 이를테면 길이 고르지 않거나 경사가 급한 구간이 있는지. 차량으로 움직인다면 주차 공간은 적당한지. 거기에 미리 후보지로 골라 온 숙소와 식당도 찾아가 일일이 확인하고 예약까지 마쳐야 했다. 혹시 더 저렴하면서도 나쁘지 않은 숙소나 이동 경로와 멀지 않으면서 목포에서만 맛볼 수 있는 음식을 먹을 수 있는 식당이 있다면 공유하는 것도 중요한 과제였다. 기간이 촉박한 건 아니었지만 성수기와 겹치니 마냥 느긋할 수만은 없었다.

"그럼, 도보로 이동하는 걸로 짜자. 이제 어디로……."

그때 지훈과 나는 여기서 어디로 향했더라.

오래된 건물을 지나 공원에 갔었던 듯도 했고 택시를 타고 조금 멀리 이동한 것도 같았다. 잠깐 검색해봤는데도 생각보다 둘러볼 곳이 많아 방향을 잡는 데 애를 먹었었다. 산으로 먼저 갈지 이왕이면 바다부터 볼지를 두고도 한참을 옥신각신했다.

헌이 목포에 왔을 때는 분명한 목적지가 있었지만 계획을 헐렁하게 짜서 길을 자주 헤맸다고 한다. 엉뚱한 길로 들어서서 한참을 돌아가야 했고 막다른 골목에서 한숨짓기 일쑤였다고. 기껏 목포 근대역사관에 도착했는데 들어가보지 못한 것도 그 때문이었다고 한다. 관람 시간이 지났거나 휴관일이었을 것이다. 헌은 그저 주변을 둘러보는 것만으로도 만족했다. 그래서 전쟁 때 생긴 총탄 자국도 알아볼 수 있었다. 오래된 자국이었지만 어제 일인 듯 생생했다고 한다. 어쩐지 보수를 해도 완전히 지울 수는 없을 것 같았다고.

"이어서 위쪽으로 계속 걷다 보니 거기가 노적봉이더라고요."

헌은 이순신 장군이 어영을 엮어 덮어두어 군량미처럼 꾸몄다는 얘기를 전해줬다. 그래서 적군은 여기에 대군이 머무는 줄 알고 도망쳤다고. 헌의 말을 듣고 보니 나와 지훈이 무심코 지나쳤던 자리가 새삼 다르게 보였다. 어쩌면 그동안 많은 사람과 풍경이 그런 식으로 흘러가버린 걸지도 몰랐다. 헌의 옆얼굴을 바라보며 소문 말고 아는 게 얼마나 되는지 가늠해봤다. 그동안 소문만으로도 헌에 대해 거의 모든 걸 알 것 같았지만 이제는 아예 모르는 사람처럼 느껴졌다. 소문은 헌의 일부였지만 그동안 우리는 그게 전부인 듯 대했다. 헌은 어땠을까.

뒤에서 방공호를 발견했을 때 고민은 더 단단해졌다. 조금만 더 들어서서 눈여겨봤다면 누구라도 모를 수 없는 자리였다. 방공호는 생각보다 훨씬 크고 깊었다. 들어서자마자 아예 다른 계절에 들어선 것처럼 서늘한 공기가 온몸을 휘감았다. 안쪽으로 파고들자 위에서 물방울이 떨어졌다. 물방울을 피해 걸으려고 했지만 소용없었다. 물방울은 방공호 어디서나 떨어졌고 벽을 타고 흐르는 가느다란 물줄기도 보였다. 그 때문인지 우리 사이에 오가던 퍼석한 목소리와 표정에도 물기가 도는 듯했다.

"목포에만 방공호가 오십 개쯤 있다던데요?"

수많은 방공호를 빠뜨리지 않고 하나하나 떠올리듯 헌은 지그시 눈을 감았다. 그 표정은 여전히 방공호에 숨어 있는 사람처럼 보였다. 헌의 표정에서 나는 오랫동안 분명하게 남아 있었지만 근처에 와서도 지나쳐버린 총탄 자국을 찾아낼 수도 있을 것 같았다. 돌아 나올 때 바다를 보니 수십 년 전 날짜가 간격을 두고 여러 개 새겨져 있었다. 아마도 방공호를 작업한 날짜인 듯했다. 생각보다 오랜 기간에 걸쳐 아주 조금씩 파고 들어갔다. 그 자리를 헌과 함께 성큼성큼 걸어서 밖으로 나왔다. 단체할인 기준과 관람 시간을 확인하고 해설사 선생님과 일정을 맞추는 동안에도 헌의 표정은 달라지지 않았다.

여기서부터는 차량으로 서산동 시화마을이나 북교동으로 움직이면 나쁘지 않을 듯했다. 시화마을에서는 일정에 따라 선택할 수 있도록 가장 빠른 길과 오래 걸리는 길을 따로 살펴보기로 했다. 아래에서 봤을 때는 길이 있을까 싶을 정도로 집이 다닥다닥 붙어 있었지만 골목 안으로 들어서니 어딜 가나 사람 하나 지나다닐 만한 틈은 있었다. 나와 헌은 각자 다른 길로 들어서서 돌아봤는데 끝에 가선 다시 만났다. 이번에

두 겹의 웃음

는 서로 엇갈려서 다른 길로 내려오다 보니 후미진 모퉁이에서 또 마주쳤다. 아래에서 예상했던 것보다 더 가팔라서 나는 중간중간 멈추고 숨을 골라야 했다. 계획 없이 만들어졌다고 들었는데 그래선지 길이 일정하지도 않고 꼬불꼬불했다. 일부는 누가 함부로 구겨놓은 듯 우둘투둘하기도 했지만 길은 결국 다 연결되었다. 그사이 시멘트 위에 그대로 굳은 발자국이 몇 개 보였다. 다 마르기도 전에 밟은 탓인 듯했다. 나는 혹시 골목 어딘가에 여전히 덜 마른 시멘트가 있을까 싶어 까치발을 하고 경계하듯 걸었다. 시멘트가 단단하게 굳기도 전에 발자국을 남기고 싶지 않았다.

여기에서는 자유롭게 둘러봐도 좋을 듯했지만 정미의 생각이 어떨지 알 수 없었다.

북교동으로 이동해 작가 이름을 달고 있는 거리를 찬찬히 걸으면서 생가까지 들르면 문학기행의 의미도 더 단단해질 것이었다. 옥단이길을 통해 수업 시간에 조별로 연구했던 문학작품 속 인물을 되새겨보는 것도 중요한 과정으로 느껴졌다. 길 중간중간에서 물지게를 지고 있는 옥단이 표식을 자주 만날 수 있었다. 어느 때라도 물지게는 조금도 흐트러지지 않고 정확히 수평을 맞췄다. 그동안 나와 헌도 길이 좁아지거나 경사가 달라질 때는 아슬아슬하게 흔들리기도 했지만 넘어지진 않았다.

미리 알아본 식당을 찾으면서 보니 일제강점기에 일본인과 조선인의 거주 지역이 확연히 달랐다는 게 실감 났다. 평지에 반듯하게 정비된 거리와 비탈길에 계획 없이 만들어진 거리가 뚜렷하게 구분됐다. 중간중간 오래된 일본식 가옥을 심심찮게 볼 수 있었다. 지금은 거의 쓰이지 않는 건축양식이나 자재도 엿보였다. 그 틈에 역사적 아픔이 고스란히 새겨져 있었지만 철거하지 않고 원형 그대로 보존해 의미를 되새기자는 생각에 힘이 실렸던 모양이다. 나였다면 내게 깊은 상처를 준 대상을 완전히 도려내 제거하는 게 좋을지 그래도 간직한 채 반성하거나 교훈으로 삼는 게 좋을지 따져봤다. 어쩌면 헌은 목포에 와서 적어도 한번은 오롯이 마주해야 한다고 생각했던 것 같다. 그게 실패로 돌아갈지라도. 지금도 그 생각은 변함없을까.

"……그래서 등록문화재로 지정된 거래요."

헌이 나를 앞질러 가며 말했다. 나는 이렇게나 오래된 건물에 지금도 여전히 누군가 살거나 장사를 하는 게 신기해서 서둘렀던 걸음을 늦추고 기웃거렸다. 뒤돌아본 헌이 몇몇은 당시 자료가 부족해 아직도 어렴풋한 기억에만 의존해 추정할 뿐이라고 말했다. 생략하거나 건너뛴 채로 불완전하게.

"기록해두지 않으면 결국 잊히는 게 참 많죠."

문득 수업이 겹치는 일이 없어 헌이 쓴 글을 제대로 읽어보지 못했다는 사실이 떠올랐다. 이어서 나와 지훈이 목포에 도달했을 때 목적지가 여러 군데였던 것과는 달리 헌의 목적지는 단 하나였다는 것도. 그러니까 헌에게 목적지 말고 나머지는 그저 마음을 가다듬고 천천히 심호흡하며 머뭇거리는 과정이었을 것이다. 그러자 관광지에서 벗어난 골목길까지 환히 꿰뚫고 있는 이유도 얼마간 헤아려볼 수 있었다. 아직은 준비가 덜 되었다는 마음 때문에 돌아서다가 같은 자리를 빙빙 돌기도 했을 것 같다.

"저쪽인 거 같죠?"

길 끝에 바글거리는 사람들이 보였다. 사람들 틈으로 식당 간판이 보였다. 홍어를 전문으로 하는 식당이었다. 우리는 헤매지 않고 잘 찾아왔다. 나는 차량으로 왔을 때 주차할 만한 공간이 있을지 두리번거리며 앞으로 나아갔다.

홍어는 너무 삭혀도 제맛이 안 나고 덜 삭혀도 입맛을 버린다고 했다. 적당한 시간을 맞추는 게 관건인데 계절에도 영향을 받다 보니 그때그때 시간이 달라져야 진정한 맛을 느낄 수 있다. 식당 주인의 말을 듣다 보니 일정을 유연하게 준비해야 한다고 했던 정미가 떠올랐다. 문학기행에서 시간이 많이 비어 엉성해서도 안 됐고 반대로 지나치게 촘촘해도 피로감 섞인 불만이 터져 나올 것이었다. 마치 홍어를 삭히는 일처럼 노련한 기술이 필요할 듯했다. 하지만 바이러스가 퍼지기 전 문학기행을 주도했던 선배들이 거의 다 휴학하거나 졸업하는 바람에 조언을 구할 사람도 마땅찮아 어려움이 많았다. 그래서 일정 중간중간에 쉬는 시간을 넉넉히 마련해뒀다. 그날 사정에 맞춰 쉬는 시간을 줄이거나 늘리면서 가장 빠른 길뿐만 아니라 거리가 서로 다른 이동 경로를 다양하게 찾아두기로 했다. 우리는 시간이 뜨지 않도록 치밀하게 계획해야 했고 여러 변수도 고려해야 했다.

식당을 예약하면서 근처에 있는 다른 음식점에도 눈길을 돌렸다. 회의에서는 이동 방법만큼이나 이왕 목포에 갔으니 당연히 홍어를 먹어봐야 한다는 사람들과 못 먹는 사람도 배려해달라는 쪽이 자못 심각하게 대립했다. 아까 서로 눈을 흘겼던 사람들이 이번에는 한마음이 되어 상대방에게 어깃장을 놓고 설득하기도 했다. 겨우 잠잠해졌던 갈등이 다시 번지기 전에 정미는 식당을 두 군데 예약하자는 쪽으로 마무리했다.

먹갈치와 세발낙지 정도면 적당하지 않을까 싶었다. 다행히 멀지 않은 곳에 음식점이 몰려 있었다. 한 군데는 문학기행 날짜에 이미 단체 손님이 예약되어 있었고 다행히 옆에 있는 음식점은 일정이 괜찮았다. 전체적으로 깔끔한 인상이었고 가격도 홍어와 크게 차이 나지 않으면서 적당한 수준이라 다들 만족할 것 같았다. 그사이 내가 세발낙지 다리가 세 개가 아닌 거 아니냐고 하니 헌은 먹갈치는 진짜 먹색인 거 아

두 겹의 웃음

시느냐고 맞받아쳤다. 내가 별다른 대꾸를 하지 않자 헌은 낚시로 잡아서 제 색을 유지하는 갈치와는 달리 그물로 여러 마리를 잡아 서로 부딪히는 바람에 멍든 것처럼 변한 거라고 덧붙였다. 예약받던 음식점 주인은 헌이 잘 알고 있다며 흐뭇한 얼굴로 맞장구를 쳤다. 그제야 나는 한쪽에 있던 거무스름한 갈치가 다시 눈에 들어왔다. 처음에는 아예 다른 종류인 줄만 알았다.

"다르지 않아요. 상처가 났어도 똑같은 갈치예요."

나는 헌의 말을 따라 조용히 중얼거렸다. 상처가 났어도 똑같은. 어쩐지 헌이 갈치가 아니라 다른 얘기를 하는 것처럼 느껴졌다.

음식점을 나와서는 전시관의 위치를 파악했다. 정해진 날짜를 바꿀 수 없었으니 기상 여건이 좋지 않을 때를 대비해 실내에서 머물 공간을 알아둬야 했기 때문이다. 목포역 근처에는 모자아트갤러리와 목포 대중음악의 전당이, 목포문학관과 멀지 않은 자리에는 해양유물전시관과 목포 자연사박물관이 있으니 그쪽을 계획에 넣으면 비가 내리더라도 크게 무리는 없을 듯했다. 그때 정미에게서 숙소는 엄마 친구 중 목포가 고향인 분께서 알아봐주시기로 했다는 연락이 왔다. 다음 날 일정은 해상케이블카를 탄 다음 목포역으로 이동하는 게 전부였다. 해상케이블카 예약은 정미가 벌써 끝내놓았다고 했다. 단체할인까지 야무지게 챙겨놓은 모양이었다.

이제야 내내 꼿꼿하기만 했던 자세가 조금은 허물어지는 듯했다.

"이만하면 다 된 것 같지?"

"후발대 기차 시간만 확인해두면 될 듯해요."

숙소가 쉽게 해결된 덕분에 우리가 예매한 기차 시간까진 남은 시간이 넉넉했다. 취소하고 더 빨리 올라갈까 했지만 이전 시간대는 모두 매진이었다. 꼭 매진이 아니더라도 어쩐지 목포를 일찍 떠나는 건 썩 내키지 않았다. 다음에 문학기행으로 올 때는 개인적으로 움직일 수는 없겠다는 데 생각이 닿자 일정에 들어가지 않은 장소를 한 군데쯤 둘러보고 싶었다. 하지만 관광 지도를 여러 번 훑어봐도 마땅한 장소가 눈에 들어오지 않았다. 케이블카라도 미리 타볼까. 중간에 내리지 않고 돌아오면 시간이 얼추 맞을 것도 같았다.

"너 더 가보고 싶은 곳 없어?"

"……그럼, ……저희……."

헌은 한참을 여짓거리다가 강단 있게 대답했다. 목소리를 따라가다 보니 분주하게 오가는 케이블카와 멀리 목포대교까지 내다보였다. 케이블카를 타거나 다리만 건너가면 고하도에 가 닿을 수 있었다. 그 섬에 몇 년 전 헌이 끝내 도달하지 못했던 데가 있었다. 사이사이 모아온 용돈만 들고 아무에게

두 겹의 웃음

도 알리지 않은 채 내려와선 서성이다가 돌아섰다던. 헌은 갑자기 형을 떠나보내야만 했던 시간으로 끊임없이 되돌아가고 있었다. 내가 알던 소문은 거의 사실이기도 했지만 많은 부분이 부풀려졌거나 잘려나갔다. 중간중간 틀린 내용도 더러 있었다.

이제부터 우리는 조금 다른 걸음으로 나아가기로 했다. 모든 상황에 대비해 철저한 계획을 세우고 그에 따라 이동 거리를 정확히 계산한 다음 가장 효율적인 방식을 고민하는 대신, 느슨하고 그저 발길이 닿는 대로 유연하게. 나는 헌의 걸음을 가만히 뒤따라갔다. 주춤거리면 주춤거리는 대로 확신에 차서 나아가는 듯하다가 멈추면 그 자리에 함께 멈춰 서서 주변을 찬찬히 둘러보면서. 꾸물대다가 다시 발길을 옮겼을 때 새삼 여기에 국도 제1호선이 있다는 걸 깨달았다. 아마 헌도 모르지 않을 것이었다.

봉사활동이 끝난 정미는 메시지로 괜찮았냐고 여러 번 물어왔다. 무슨 문제는 없었는지도 꼬치꼬치 캐물었다. 문학 기행 일정을 두고 하는 얘긴지 헌과 함께 온 것에 대한 건지 헷갈렸다. 완벽하게 짜놓았다고 생각한 일정을 얼마나 변경해야 하는지, 헌에게 실수한 건 없는지 묻는 것일지도 몰랐다. 핸드폰 배터리가 넉넉하지 않아 통화로 길게 얘기할 순 없을 듯했다. 나는 짤막한 메시지만 보내고 핸드폰을 가방에 넣었다.

괜찮았어.

메시지를 보내고 나서 적어도 헌에게 "스무 살이면 이제 성인인데……" 같은 말은 하지 않아 다행이라고 생각했다.

대합실에 앉은 나는 시간표를 물끄러미 쳐다보고 있었다. 막차까지는 아직도 여유가 좀 있었다. 오늘 하루 너무 많이 걸은 탓에 온몸이 노곤해졌다. 아무래도 기차를 타면 금세 잠들 게 분명했다. 마지막 방문지에서 목포역까지 오는 동안 꽤 헤맸는데도 헌은 그다지 피곤해 보이지 않았다. 고하도에서 나온 다음에는 핸드폰 배터리를 아끼려고 지도를 살펴보지 않은 채 움직였다. 그 바람에 우리는 길에서 우왕좌왕하다 왔던 길을 돌아 나와야 했다. 한낮에 지나쳤던 거리라 목포역을 쉽게 찾을 수 있을 줄 알았는데 밤의 거리는 영 딴판이었다. 덕분에 우리는 행복이라는 이름이 들어간 갤러리를 몇 개 더 찾아냈다. 5번이 끝이라고 생각할 때쯤 교차로에서 6번이 튀어나왔다. 걷다가 맞은편에서 7번까지 확인하고 나자 더는 찾을 수 없었다. 그게 끝이라고 생각하는 순간 숨어 있던 8번이 나타날 듯했고 연달아 10번까지 일렬로 쭉 늘어서 있을지도 몰랐다. 어쩐지 끝없이 이어져 밤새 찾을 수 있을 것만 같았다. 막차 시간이 가까워지자 그쯤에서 만난 행인에게 물어

정확한 길을 찾았다. 목포역은 생각보다 멀지 않았다.

도착 열차를 안내하는 방송이 끝나자 헌이 휘파람을 불었다. 처음에는 다른 쪽에서 나는 소리인 줄 알고 사방을 휘둘러봤다. 두 번째 휘파람을 들었을 때에야 헌이 불었다는 걸 알아챌 수 있었다. 내가 쳐다보자 헌은 엷은 미소를 띠다가 이내 히죽거렸다. 그동안 한 번도 본 적 없는 얼굴이었다.

"아까 골목에 시가 있더라고요."

"어떤 시인의 시였는데?"

"시인은 아니고 주민이 쓴 시 같았어요. 목포에 오면 휘파람이라도 불자, 로 시작하는."

헌의 미소는 목포에 와서 해야 할 일을 다 마쳤다는 의미처럼 읽히기도 했다. 나도 목포에 와서 뭔가를 해야 했을까. 사전답사 외에 뭔가 더 있었던 것도 같다. 하지만 매표소 위에 붙은 목포 주요 관광지를 하나하나 살펴봐도 딱히 떠오르는 게 없었다. 처음부터 해야 할 일은 없었던 것일 수도 있고 어느 틈에 다 끝내버렸을지도 모른다.

나도 헌에게 골목에서 봤던 시 한 구절을 전해줬다. 헌과 떨어지고 난 다음 얼마 지나지 않아 마주쳤던 시였다. 움푹하고 볼록한 삶 속에서 울다가 웃다가. 이번에는 헌의 표정이 확실하게 일렁였다.

"역 주변이 예전에는 바다였대요."

헌은 핸드폰으로 옛날 사진과 지도를 보여주며 말했다. 어딘가 살짝 들뜬 목소리였다. 목포에 매립지가 있다는 건 알고 있었지만 생각보다 훨씬 넓었다. 오늘 걸었던 길 중 많은 길이 과거에는 전부 바다였을 정도다. 예전 지도를 끝으로 헌의 핸드폰은 꺼졌다. 그러자 호젓하기만 했던 주변이 일순 소란스러워지면서 발끝이 살짝 출렁이는 것 같았다. 어쩐지 바닥이 조그맣게 소용돌이치는 듯도 했다. 헌은 바닥 아래서 꿈틀거리는 파도를 느끼기라도 하듯 신발로 바닥을 쓸었다. 그래도 지금 우리는 바다였던 시절을 짐작조차 할 수 없을 것이다. 하지만 때론 그저 지나간 일을 기억하고 가만히 상상하는 것만으로 충분할지도 모른다.

"이제 나가봐야겠다."

전광판에 우리가 타야 할 열차가 나왔다. 예정보다 조금 지연된 출발이었지만 언제든 도착만 하면 되니 괜찮았다. 몇 분 늦는 것쯤은 상관없었다. 아까 목포역에 내릴 때는 종착역이었지만 이제는 다시 시작이었다. 예전에 지훈과 목포를 떠날 때는 미처 하지 못했던 생각이었다. 그 뻔한 사실이 괜스레 우스워져서 나는 헌을 보며 헤실거렸다. 우직하게 나아가던 헌도 나를 향해 비슷한 웃음을 지은 듯했다.

두 겹의 웃음

안부

정진영

정진영

장편소설《도화촌기행》《침묵주의보》
《젠가》《다시, 밸런타인데이》《나보
다 어렸던 엄마에게》《정치인》, 산문집
《안주잡설》을 썼다. '월급사실주의' 동
인이다.

국토 종주, 영산강 자전거길, 여기서부터는, 전라남도, 목
포시, 입니다. 나는 자전거에서 내려 목포 진입을 알리는 파란
표지판에 적힌 글자를 천천히 눈으로 읽었다. 표지판 너머로
시선을 옮기자 저 멀리 아파트 단지가 보였다. 아파트 단지는
여정이 얼마 남지 않았음을 알리는 신호 같았다. 불과 사흘
전만 해도 내가 목포 땅을 밟으리라고는 전혀 상상하지 못했
다. 그것도 자전거를 타고 발을 들일 줄은 더더욱.

　나는 휴대전화를 꺼내 표지판을 배경으로 두고 사진을 찍
었다. 이틀 동안 자외선 차단제를 제대로 바르지 않고 페달을
밟은 터라, 사진 속 내 얼굴은 붉게 달아올라 있었다. 깊어지
는 가을을 따라 서늘해진 바람이 나를 훑고 지나가며 이마에

맺힌 땀을 식혔다. 길가에 자라난 억새가 바람이 부는 방향을 따라 누웠다가 일어났다. 눈부신 오후 햇살이 내려앉은 영산강은 설탕 가루를 뿌려놓은 듯 반짝였다. 고개를 들어 하늘을 올려다봤다. 솜사탕 모양을 닮은 구름이 높고 파란 하늘에 천천히 흐르고 있었다. 나는 눈을 감은 채 두 팔을 벌려 햇살을 느꼈다. 기분 좋은 따뜻함이 몸을 감쌌다.

누군가가 자전거를 급히 몰고 오는 소리가 점점 가까워졌다. 민망해진 나는 아무 일도 없었다는 듯 벌렸던 두 팔을 내리고 자전거를 길 가장자리로 옮겼다. 잠시 후 로드바이크를 탄 남자가 위협하듯 벨 소리를 울리며 빠른 속도로 나를 스쳐 지나갔다. 인생이 100미터 달리기도 아닌데, 뭘 그리 속도를 내며 달리는 걸까. 나는 멀어져가는 남자의 뒷모습을 멍하니 바라보다가 해야 할 일을 떠올리며 휴대전화에 저장된 연락처를 뒤졌다. 박윤하. 목포로 오면 쉽게 통화 버튼을 누를 수 있을 줄 알았는데, 용기가 나질 않았다. 카카오톡으로 윤하의 프로필을 확인해봤지만, 기본 사진뿐이어서 근황을 파악할 만한 단서가 없었다. 잘 지내고 있는지 연락해 안부를 묻는 게 뭐가 그리 어렵다고. 나는 몇 차례 망설이다가 다시 자전거에 몸을 싣고 하굿둑으로 향했다.

2년 전, 나는 경기도 A시가 민간위탁으로 운영하는 민원

안내 콜센터에 전화상담원으로 취직했다. 콜센터 근로환경이 아무리 열악해도 지방자치단체가 위탁해서 운영하는 곳이라면 조금 낫지 않을까 싶었는데 착각이었다. 접수 전화가 하루에 최소 수백 통씩 밀려들었는데, 24시간 3교대로 일해도 손에 쥐는 월급은 고작 최저임금 수준이었다. 월세와 생활비를 빼면 남는 돈이 거의 없었다. 하루 벌어 하루 먹는 일상이 쳇바퀴 돌 듯 계속 이어졌다. 그런데도 상담원으로 취직할 수밖에 없었던 이유는 하나, 내게 면접 기회를 준 곳이 콜센터밖에 없었기 때문이다.

어려운 가정환경 때문에 학창시절부터 아르바이트로 용돈을 벌어 썼다. 겨우 수도권 4년제 대학에 진학했지만, 등록금을 내지 못해 제적당했다. 자기소개서를 채울 학력과 경력이 없고 가진 게 젊음뿐인 여성인 내가 지원할 수 있는 번듯한 직장은 없었다. 나 같은 여성이 무리한 육체노동을 하지 않으면서 빠르게 취업할 수 있는 일자리는 콜센터 상담원뿐이라는 현실을 파악하는 데 그리 긴 시간이 걸리지 않았다. 그곳에서 윤하를 만났다.

윤하는 나보다 두 살 어렸지만 5년 차를 맞은 베테랑 상담원이었다. 콜센터의 근로환경은 그야말로 비인간적이었다. 간격이 1미터도 안 되는 좁은 칸막이 사이에 앉아 종일 전화를 받는 직원들의 모습은 마치 닭장을 방불케 했다. 심지어 업무

중에 창밖으로 눈을 돌리지 못하게 블라인드까지 내리는 등
철저하게 환경을 통제했다. 윤하는 관리팀장의 막말과 민원
인의 폭언 때문에 헤드셋을 던지듯이 벗고 우는 나를 처음으
로 흡연실로 이끈 동료였다.

직장 내 흡연실이 점점 사라지는 시대에, 콜센터는 직원
스트레스 관리를 명목으로 오히려 흡연을 장려하며 시대를
거슬렀다. 관리팀장은 직원이 오가는 시간을 줄이기 위해 사
무실과 가까운 테라스에 흡연실을 만드는 꼼꼼함까지 잊지
않았다. 그래도 윤하와 함께 담배를 피우는 4분 남짓 짧은 시
간이 없었다면, 나는 콜센터에서 한 달도 버티지 못했을 거
다. 필요악이라는 단어를 공간으로 만들면 흡연실이 아닐까
싶다.

학연, 지연, 혈연만큼이나 직장동료와 친해질 수 있는 연
줄이 흡연이라지 않던가. 윤하와 함께 흡연하는 시간이 쌓이
면서 자연스럽게 서로의 개인사도 공유하는 친밀한 사이가
됐다. 목포가 고향이라는 윤하의 과거는 나보다 훨씬 참담했
다. 윤하는 어린 시절 부모에게서 버려져 보육원에서 자랐고,
고등학교 졸업식 다음 날 그곳에서 나왔다. 그때 윤하가 국가
로부터 받은 지원은 자립 정착금 300만 원이 전부였다. 준비
없이 사회로 내몰린 윤하는 지긋지긋한 고향에서 벗어나고
싶어 무작정 멀리 떠났다. 자립 정착금으로 보증금을 부담할

수 있는 월세방과 아르바이트 자리를 찾다 보니 아무런 연고가 없는 A시까지 닿았다.

윤하는 호프집, 편의점, 카페 등 온갖 아르바이트를 전전하다가 콜센터에 발을 들였다. 아르바이트에 지친 윤하는 안정된 일자리를 간절히 원했다. 하지만 나처럼 내세울 학력과 경력이 없고 젊음이 전부인 여성인 윤하에겐 선택지가 많지 않았다. 사람을 상대하는 아르바이트를 많이 해온 터라 상담원 일이 어려워도 그럭저럭 견딜 만했다는 게 그나마 다행이었다. 문제는 신입인 나와 베테랑인 윤하의 월급이 똑같이 최저임금 수준이라는 점이었다. 이는 다가올 내 미래가 윤하와 다를 바 없다는 말과 같았다. 아무리 열심히 오래 일해도 미래를 설계할 수 없는 현실. 그런 현실이 나를 점점 지치게 했다.

목포에 진입한 지 10분도 지나지 않아 영산강 자전거길의 종착지인 하굿둑 인증센터에 도착했다. 공중전화 부스를 닮은 인증센터 가까이에 다가가자, 휴대전화에 설치한 '자전거행복나눔' 앱이 영산강 자전거길 종주 인증을 알렸다. 아무런 준비도 안 된 몸으로 장거리를 라이딩한 대가는 혹독했다. 엉덩이가 안장에 앉아 있기 힘들 정도로 아팠고, 손바닥은 회초리를 맞은 것처럼 저릿했다. 인증센터 앞에 자전거를 세운 나는 다리가 풀려 바닥에 주저앉고 말았다.

지난 이틀 동안 133킬로미터를 두 발로 달려온 여정이 눈앞에 주마등처럼 스쳐 지나갔다. 자전거길의 시작점인 담양댐 주변 길가에 가득 피어 있던 하얀 구절초, 도로를 사이에 두고 양쪽 길가에 끝없이 늘어선 높다란 메타세쿼이아, 잎 사이로 청량하게 흐르는 바람 소리가 페달을 멈추게 했던 대나무숲, 여장을 푼 영산포에서 처음 도전했다가 실패한 홍어, 이른 아침에 피어올라 강물을 따라 장엄하게 흐르던 물안개, 한반도 지형을 닮은 물돌이를 내려다볼 수 있었던 전망대, 보를 지날 때마다 점점 폭을 넓히던 강물, 그 강물 가운데에 홀로 서 있던 작은 등대, 그리고 목포…….

나는 휴대전화를 꺼내 인증센터를 배경으로 두고 사진을 찍었다. 사진 속 내 얼굴은 몹시 지쳐 보였지만, 미소를 숨기지 못했다. 내가 중간에 포기하지 않고 끝까지 달려 여기까지 오다니. 자랑스러웠다. 돌이켜 보니 지금까지 살아오면서 크든 작든 무언가 의미 있는 성취를 일궈낸 경험은 이번이 처음이었다. 축하해주는 사람은 아무도 없었지만, 무언가 뜨거운 게 가슴 속에서 치밀어 올라와 눈물을 밀어냈다. 나는 두 손에 얼굴을 묻고 눈물을 삼켰다.

콜센터에는 방광염 때문에 기저귀를 차고 일하는 직원이

안부

몇 명 있었는데, 몇 달 후 나도 그들 중 하나가 됐다. 자리에 앉아 있다 보면 화장실 가는 일조차 잊어버릴 정도로 콜이 쏟아지는 일이 다반사인데, 상담 인력은 늘 부족했다. 내가 받지 못한 콜은 다른 상담원의 몫이 되므로, 자리를 비울 때마다 반드시 보고절차를 거쳐야 했다. 심지어 관리팀장은 매달 상담원별로 화장실에 다녀온 시간을 통계로 내 공지사항으로 올려 모욕을 줬다. 콜센터는 쉬는 시간이란 개념 자체가 없는 가혹한 세계였다.

이런 사정을 모르는 민원인들은 전화가 연결되면 대체 무얼 하느라 전화를 늦게 받았느냐고 항의하기 일쑤였다. 반말은 기본이고, 이유 없이 전화해서 욕설을 쏟아내는 민원인도 많았다. 때로는 성희롱도 발생했다. 마음에도 없는 죄송하다는 말을 반복할 때마다 억울한 감정이 가슴속에 켜켜이 쌓였는데, 그 감정을 조금이나마 풀어낼 방법은 과도한 흡연뿐이었다. 그 때문에 상담원 상당수가 불면, 피로, 신경과민 등 니코틴 금단증상에 시달렸다.

인건비를 줄이려고 상담원 수를 늘리지 않는 구조가 열악한 근로환경의 원인이었지만, 결과는 늘 동료 직원 사이의 갈등이나 다툼으로 끝났다. 근로환경 개선을 기대하기 어려우니, 당장 나를 불편하게 만드는 동료를 탓하는 게 쉬웠다. 관리팀장은 그저 뒷짐 진 채 상황을 관망하다가 문제를 일으킨 직원을 징계하면 그만이었다. 돌아가는 꼴이 이렇다 보니 오래 버티지 못하고 퇴사하는 직원이 부지기수였지만, 관리팀장은 신경 쓰지 않았다. 얼마든지 대체 가능한 인력인 데다 충원도 쉬우니까.

그러던 어느 날, 충격적인 사건이 벌어졌다. 내 옆자리에 앉아서 일하던 경희 언니가 민원인의 욕설을 듣다가 갑자기 가슴 통증을 호소하며 쓰러진 것이다. 경희 언니는 이혼 후 홀로 두 딸을 키우던 50대 여성으로, 상담원 경력 10년을 넘긴 콜센터 최고의 베테랑이었다. 놀란 상담원들이 일어나 쓰러진 경희 언니를 바라보며 웅성거렸지만, 관리팀장은 대수롭지 않다는 태도로 119에 신고한 뒤 상담원들에게 당황하지 말고 업무를 계속하라는 지시를 내렸다.

민원인과 통화하는 동안에도 나는 경희 언니에게서 시선을 거둘 수 없었다. 쓰러진 동료 직원을 바로 옆에 두고도 일을 멈출 수 없는 처지가 기가 막혀 눈물이 터져 나왔고 목소리는 뭉개졌다. 민원인은 내 목소리를 알아들을 수 없다며 입에 담지 못할 욕설을 퍼부었다. 경희 언니는 잠시 후 도착한 구조대원의 발 빠른 심폐소생술 덕분에 목숨을 건졌지만, 그날 이후 콜센터에 다시 출근하지 못했다. 이 사건은 SNS를 통해 폭로돼 사회적 공분을 일으켰다. 폭로자는 뜻밖에도 누구보다 열악한 근로환경을 잘 견뎌왔던 윤하였다.

안부

나는 휴대전화 지도 앱으로 이번 여정의 최종 목적지인 평양냉면집으로 가는 경로를 검색했다. 하굿둑에서 약 6킬로미터 떨어진 곳에 평양냉면집이 있었다. 30분가량 천천히 페달을 밟으면 닿을 가까운 곳이었다. 다른 곳도 아니고 음식의 간이 세기로 유명한 남도, 그것도 바다와 인접해 해산물로 유명한 목포에 슴슴한 음식의 대명사인 평양냉면을 만드는 식당이 있다니. 심지어 개업한 지 30년이 넘은 노포였다. 내가 엉뚱하게 목포까지 와서 평양냉면을 찾는 이유는 윤하 때문이었다.

새 옷을 산 때가 언제인지 기억이 가물가물할 정도로 살림살이가 빠듯한 가운데, 평양냉면은 내가 나에게 허락한 유일한 사치였다. 내가 평양냉면에 빠지게 된 계기는 '300/30'이라는 노래 때문이었다. 나는 처음 A시에서 방을 구할 때 유튜브로 부동산 관련 정보를 찾다가 우연히 이 노래를 들었다. 당시 내가 보증금으로 부담할 수 있는 돈은 최대 300만 원, 월세는 30만 원이었다. 유튜브 검색창에 '300에 30'이라는 키워드를 입력하자 맨 위에 뜬 결과가 이 노래였다.

삼백에 삼십으로 신월동에 가보니/동네 옥상으로 온종일 끌려다니네/이것은 연탄창고 아닌가/비행기 바퀴가 잡힐 것만 같아요/평양냉면 먹고 싶네

'씨 없는 수박 김대중'이라는 희한한 이름을 가진 가수가

성의 없는 목소리로 부른 이 노래의 가사는, 마치 내가 방을 구하는 모습을 지켜보고 쓴 듯 우습고 서글펐다. 이 노래의 특징은 서울 신월동에 이어 녹번동, 이태원에서 방을 구하며 겪은 황당한 경험을 늘어놓고 마지막에 평양냉면을 먹고 싶다는 말을 빼놓지 않는다는 점이었다.

평양냉면이 도대체 얼마나 맛있는 음식이기에 그렇게 고생한 뒤에 먹고 싶다는 노래까지 만들어진 걸까. 노래를 듣고 생긴 호기심이 A시에서 가장 유명하다는 평양냉면집으로 나를 이끌었다. 짙은 육향과 깊은 감칠맛을 자랑하는 맑은 육수, 구수하고 담백한 메밀면, 그 둘이 입 안에서 어우러지며 남기는 긴 여운. 한 번 먹어서는 모르고 최소한 두세 번은 먹어야 감칠맛을 느낄 수 있다는데, 나는 처음부터 평양냉면의 맛에 빠져들었다. 이후 나는 한 달에 한두 번씩 대중교통으로 닿는 지역에 있는 평양냉면집을 순례하듯 찾아다녔다.

흡연실에서 내 이야기를 들은 윤하는 목포에도 평양냉면집이 있다는 말을 해줬다. 어떤 맛이냐는 내 질문에 윤하는 먹어본 적이 없어서 모른다며 고개를 저었다. 그저 자신이 태어나기 전부터 있던 곳이니 맛있지 않겠느냐고 추측할 뿐이었다. 목포에 평양냉면 노포가 있다? 마치 지리산에 3대째 이어온 광어회 맛집이 있다는 말처럼 믿기지 않았다. 그날 이후 나는 언젠가 목포에 갈 일이 있으면 꼭 그곳에 들러야겠다고 별러온 터였다. 미지의 맛을 상상하자 페달을 밟는 허벅지에 다시 힘이 들어갔다.

관리팀장은 사건을 SNS에 폭로한 윤하에게 에미애비도 없는 년을 거둬줬더니 세상 무서운 줄 모르고 미쳐 날뛴다고 폭언을 서슴지 않았다. 윤하는 관리팀장의 폭언까지 녹음해 SNS에 공개하고 상담원들을 설득해 노동조합을 만들었다. 노조위원장을 맡은 윤하는 위탁 운영 과정에서 발생한 콜센터의 부실을 지적하고 근로환경 개선을 촉구했다.

윤하의 노조 활동은 처음에 힘을 받지 못했다. 대놓고 노조를 적대시하는 관리팀장의 눈치를 보느라 노조 가입을 망설이는 상담원이 많았기 때문이다. 왜 사서 고생하느냐는 내물음에 윤하는 담배 연기를 내뿜으며 쓸쓸하게 말했다. 10년 넘게 일한 경희 언니도 저렇게 쉽게 내치는 콜센터가 우리 중 한 명이 일하다가 죽는다고 눈 하나 깜짝하겠느냐고. 살기 위해 저들에게 개기는 거라고.

노조 활동을 미심쩍은 눈으로 바라봤던 상담원들은 근속수당과 명절 상여금 지급이 처음으로 이뤄지자 화들짝 놀랐다. 긍정적인 변화가 피부로 와 닿자 노조 가입을 원하는 상담원이 늘어났다. 그때도 나는 노조에 가입하지 않았다. 노조가 콜센터와 싸워 얻어낸 복지와 혜택은 비노조원에게도 똑같이 적용됐으니까. 누군가가 나서야 하는 일이지만, 그게 굳이 나일 필요는 없다고 생각했다. 윤하 또한 내게 노조 가입을 강요하지 않았다.

앞날이 밝아 보였던 노조의 행보 앞에 얼마 지나지 않아 그림자가 드리워졌다. A시가 느닷없이 민간위탁 운영하던 콜센터를 직영체제로 전환한다고 발표했다. A시 퇴직 공무원 출신 인사가 신설된 콜센터 본부장 자리에 낙하산을 타고 내려왔다. 이후 노조원은 고용 승계에서 제외될 것이라는 흉흉한 소문이 돌았다. 윤하는 A시에 소문의 진상을 밝히라고 강력하게 항의했지만, A시는 소문은 그저 소문일 뿐이라며 항의를 일축했다. 이 과정에서 불안을 느낀 노조원 상당수가 노조에서 발을 뺐고, 윤하는 고립 상태에 놓였다.

고용 승계 과정에서 윤하를 포함한 노조 간부 출신 상담원 전원이 서류 미비 및 근태를 이유로 해고당했다. 윤하는 SNS와 언론 인터뷰를 통해 해고는 노골적인 노조탄압이라고 맞섰지만, A시는 공정한 면접을 거쳐 고용을 승계했으니 노조탄압이란 주장은 근거가 없다고 반박했다. 윤하는 거리에서 홀로 직영화와 부당해고 철회를 요구하며 철야농성을 벌였지만, 아무도 그 목소리에 귀를 기울이지 않았다. 나 역시 그런 윤하를 외면했다. 그로부터 몇 개월이 지난 뒤 윤하는 거리에서 조용히 사라졌다. 목포로 되돌아갔다는 소문만 남긴 채.

나는 평양냉면집을 향해 밟던 페달을 '만남의 폭포' 앞에
서 멈췄다. 비록 인공 폭포이긴 해도, 제법 높이가 있는 데다
쏟아지는 물의 양이 많아 장관이었다. 폭포 앞으로 다가가자
시원한 물보라가 내게 달려들었다. 나는 눈을 감고 물보라를
맞으며 이번 여정에서 가장 좋았던 순간이 언제였는지를 돌
이켜 떠올려봤다. 엉뚱하게도 그 순간은 아름다운 풍경을 본
순간이나 자전거길 종주를 마친 순간이 아니었다.

오늘 아침, 영산포에서 출발해 죽산보를 지나칠 무렵이
었다. 나는 잠시 페달을 멈추고 자전거에서 내려 주변 풍경
을 살폈다. 왼쪽으로 시선을 돌리자 푸른 나무로 뒤덮인 야트
막한 산이 보였다. 오른쪽으로 시선을 돌리자 잔물결이 일렁
이는 영산강이 눈에 들어왔다. 길가에 피어난 이름 모를 여러
들꽃에 휴대전화 카메라 렌즈를 들이대고, 포털 사이트 앱의
꽃 검색 기능을 실행했다. 왕고들빼기, 물봉선, 한련초, 해당
화……. 뭐 하고 사느라고 이 좋은 걸 모르고 살았나. 이름 없
는 꽃이 하나도 없었다. 나는 가만히 서서 천천히 눈을 감았
다. 잔잔하게 부는 바람에서 풀냄새가 느껴졌다. 오가는 사람
하나 없는 길은 고요하고 평화로웠다. 문득 살아 있다는 건
참 좋은 일이란 생각이 들었다. 그때 느낀 기분을 윤하에게도

전해주고 싶었다.

나는 휴대전화를 꺼내 다시 윤하의 연락처를 살폈다. 뚫어지도록 연락처를 바라봐도, 통화 버튼을 누를 용기가 나지 않았다. 너는 여기 목포에서 잘살고 있는 거니. 목포에 있긴 있는 거니. 나는 평양냉면집에 도착하면 꼭 통화 버튼을 누르겠다고 다짐하며 다시 자전거 핸들을 잡았다. 기우는 햇살을 따라 그림자가 길어졌고, 바람에 서늘한 기운이 스며들었다. 나는 페달을 밟으며 윤하에게 해주고 싶었던 말을 홀로 속삭였다. 너를 혼자 거리에 내버려둬서 미안해. 정말 미안해.

새로운 콜센터 본부장은 회식을 지나치게 좋아했다. 그는 회식 자리에서 직원의 술 시중 없이 술을 마시지 않았고, 시중은 늘 젊은 여성 상담원의 몫이었다. 회식은 자정 넘어 끝나기 일쑤였지만, 그렇다고 술 시중을 든 상담원의 다음 날 업무가 줄어들진 않았다. 업무에 지장이 생기는 사태를 막기 위해 자연스럽게 상담원 사이에선 술 시중을 드는 순번이 정해졌다. 시간이 흐르자 관리팀장은 대놓고 순번인 상담원에게 출근할 때 옷차림에 신경을 쓰라는 지시까지 했다. 상담원들은 흡연실에 모여 노조가 있었다면 이런 일은 없었을 거라고 하소연만 할 뿐, 누구도 노조를 다시 만들겠다고 나서지 않았다.

안부

본부장은 유난히 나를 살갑게 대했고, 회식 자리에서도 순번과 상관없이 나를 옆에 두는 일이 많았다. 그때마다 그는 내게 실수인지 아닌지 파악하기 어려운 신체접촉을 시도했는데, 그 수위가 명확한 거부 의사를 보이기에는 모호해 혼자 속을 끓였다. 동료 상담원들에게 고민을 털어놓아도, 내가 너무 예민하게 반응하는 것 아니냐는 반응만 돌아왔다. 심지어 내가 본부장과 그렇고 그런 사이라는 어이없는 소문이 돌기도 했다. 그로부터 얼마 지나지 않아 내가 술 시중 순번이었던 회식 자리에서 본부장이 본색을 드러냈다. 그날 술에 취한 그는 내 허벅지에 슬쩍 자신의 손을 올렸다. 나는 깜짝 놀랐지만 별다른 반응을 보이지 않았다. 그러자 그는 대놓고 내 허벅지를 주물렀다. 나는 자리에서 벌떡 일어나 밖으로 도망치듯 빠져나갔다.

　　다음 날부터 나를 콜센터에서 내보내려는 압박이 시작됐다. 관리팀장은 다른 상담원보다 훨씬 엄격하게 내 근태를 평가했다. 잠깐만 자리를 비워도 바로 경고했고, 할당량을 초과 달성한 날은 전혀 고려하지 않고 미달한 날만 집계해 해고하겠다고 협박했다. 그런데도 내가 버티자 관리팀장은 막무가내로 사표를 쓰라고 강요했다. 나는 실업급여라도 받을 수 있게 권고사직으로 처리해달라고 요구했지만, 관리팀장은 내 요구를 무시했다. 관리팀장은 나를 뺀 채 모든 회의를 진행하는 등 대놓고 사내 왕따를 주도했다. 급기야 동료 상담원들까지 단체로 나를 탓하며 퇴사를 종용하는 지경에 이르렀다.

경찰에 본부장을 성추행 혐의로 고발하고 싶었지만, 증거는커녕 나서서 당시 상황을 증언해줄 동료조차 없었다. 나는 콜센터에 사표를 내고 나오며 뒤늦게 윤하의 얼굴을 떠올렸다. 너는 정말 대단한 일을 했던 거구나. 그리고 무척 외로웠겠구나. 너는 내게 먼저 손을 내밀어줬는데, 나는 너를 끝까지 외롭게 만들었구나. 갑자기 미치도록 윤하가 그리웠다. 하지만 먼저 연락해 안부를 물을 염치가 없었다.

문득 자전거를 타고 영산강 자전거길을 달려 목포까지 가보고 싶어졌다. 정신없이 페달을 밟다 보면 왠지 없던 염치가 생겨 윤하의 얼굴을 볼 수 있을 것 같았다. 그 길로 나는 집에 들러 대충 짐을 챙긴 뒤 당근마켓에서 저렴한 하이브리드 자전거를 중고로 샀다. 고속버스에 자전거와 짐을 싣고 광주에 도착한 나는 그곳에서 하룻밤 머무른 뒤 시외버스로 갈아타고 자전거길이 시작되는 담양으로 향했다. 목포에 윤하가 있는지 확인도 하지 않은 채. 내 생에 가장 충동적인 결정이었다.

나는 해가 질 때쯤 평양냉면집에 도착했다. 붉은 벽돌로 지은 오래된 2층 주택에 걸린 직관적인 상호. 내 경험상 맛이 없으려야 없을 수 없는 곳임이 분명했다. 문을 열고 들어가 빈 테이블에 자리를 잡았다. 세월의 흐름을 고스란히 간직한 낡은 테이블과 의자가 노포 분위기를 물씬 풍겼다. 물냉면을 주문하자 육수를 담은 주전자가 나왔다. 간장으로 간을 한 육수는 서울의 유명 평양냉면집보다 간이 센 편이었다. 목포에 선 평양냉면도 남도의 간을 닮는 건가 생각하는 사이에 냉면이 나왔다. 살얼음이 동동 뜬 짙은 육수에 면이 담겨 있고 그 위에 먹기 좋게 썬 양지, 삶은 계란, 배, 오이가 고명으로 올라와 있었다. 나는 휴대전화로 냉면 사진을 찍은 뒤 카카오톡을 열어 윤하의 아이디를 찾았다.

잘 지내고 있니? 나 평양냉면 먹으러 자전거 타고 목포에 왔어.

나는 될 대로 되라는 심정으로 윤하에게 냉면 사진을 보내고 메시지를 남겼다. 할 일을 마쳤다는 홀가분한 기분으로 냉면에 젓가락질하려는데, 테이블 위에 둔 휴대전화에서 진동이 울렸다. 발신자는 윤하였다. 깜빡이라도 켜고 들어오지. 정신이 멍해지더니 양쪽 귀에서 심장 박동 소리가 들렸다. 나는 호흡을 가다듬고 통화 버튼을 눌렀다.

"언니, 오랜만이에요. 잘 지내셨어요?"

윤하가 반가운 목소리로 내게 먼저 안부를 물었다. 나는 겨우 침착하게 답했다.

"그럭저럭 지내고 있어. 그동안 잘 지냈니?"

"저도 뭐 그럭저럭 지내고 있죠. 그나저나 자전거를 타고 목포까지 오셨다고요? 그것도 평양냉면을 먹으러?"

"알잖아. 나 평양냉면에 환장하는 거. 전에 네가 목포에 유명한 평양냉면집에 있다는 말을 해줬잖아. 그때부터 꼭 한번 와보고 싶었어."

윤하는 진심으로 감탄한 듯 목소리를 높였다.

"정말 대단해요! 평양냉면이 그 정도로 맛있는 음식이에요? 저는 이 동네에 살면서도 한 번도 안 먹어봤는데."

이 동네에 산다는 윤하의 말이 내 귀에 콕 박혔다.

"지금 목포에 있어?"

"1897개항문화거리라고 아세요? 거기서 분식집 개업을 준비하고 있어요. 평양냉면집에서 멀지 않은 곳이에요."

"아, 완전히 고향으로 돌아왔구나."

"마음에 들진 않지만, 잘 아는 동네에서 개업해야 망하지 않을 것 같더라고요. 상담원 일은 이제 누가 때려죽인다고 협박해도 못 하겠고요. 마침 시에서도 청년 창업을 적극적으로 지원하고 있더라고요. 미워도 제 고향이니 앞으로 정붙이고 살아보려고요."

"잘됐네."

"언니는, 아직도 거기서 일하세요?"

안부

내 근황을 묻는 윤하의 목소리가 조심스러웠다. 나는 피식 웃으며 민망함을 감췄다.

"나도 때려치웠어. 그러니까 목포까지 자전거를 타고 왔지."

"그랬구나……. 아! 다른 일정 없으면 이따가 여기로 오실래요? 자전거 타고 오면 금방이에요. 제가 만든 떡볶이 맛을 보고 평가 좀 해주세요. 여기까지 오셨는데 서로 얼굴도 못 보고 헤어지면 서운하잖아요."

"나야 좋긴 한데, 정말 가도 괜찮은 거야? 바쁜데 방해하는 거 아냐?"

"방해는 무슨요! 옆에서 도와줄 사람이 한 명이라도 있으면 좋겠어요. 혼자서 다 하려니까 너무 힘들어요."

도와줄 사람이 한 명이라도 있으면 좋겠다……. 혼자서 다 하려니까 너무 힘들다……. 윤하를 외면했던 지난날이 떠올라 부끄러워 목이 멨다.

"윤하야."

"네, 언니."

내 목소리에 눈물이 섞였다.

"고마워. 그리고 미안해. 늦었지만 너한테 그 말을 꼭 해주고 싶었어."

윤하가 잠시 머뭇거리더니 애써 밝은 목소리로 말했다.

"에이! 간지럽게 무슨! 이따가 봐요. 카톡으로 주소 찍어 드릴게요."

나는 전화를 끊고 다시 젓가락을 집어 들었다. 윤하와 통화하는 사이에 면이 제법 불어나 있었다. 뺨을 타고 흘러내려 턱에 고인 눈물이 냉면 위로 떨어졌다. 나는 면을 입 안에 가득 채우고 육수를 한 모금 마셨다. 넓은 냉면 그릇은 땀과 눈물로 범벅이 된 지저분한 얼굴을 잠시 숨기기에 좋았다. 적당히 퍼진 메밀면의 구수한 맛과 향은 간이 센 육수와 잘 어울렸다. 서울의 평양냉면과 다른 짙은 감칠맛이 매력적이었다. 평양냉면이라는 이름 대신 목포냉면이라고 불러도 괜찮지 않을까 싶었다. 왠지 앞으로 자주 먹게 될 것 같다는 예감이 들었다. 그땐 내 앞에 윤하가 함께 앉아 있길 바랐다.

누벨바그5

소설 목포

1판 1쇄 찍은 날 | 2023년 8월 14일
1판 1쇄 펴낸 날 | 2023년 8월 23일

지은이	박생강 백이원 김경희 강병융 김학찬 김의경 전석순 정진영
펴낸이	김병수
책임편집	정소연
디자인	정계수
펴낸곳	아르띠잔
출판등록	2013년 7월 15일 제396-2013-000120호
주소	(10881) 경기도 파주시 회동길 480 아트팩토리NJF A동 225호
전화	031-946-8384
이메일	ArtizanBooks@daum.net
홈페이지	www.ArtizanBooks.com

ISBN 979-11-971378-8-4 03810

이 도서의 국립중앙도서관 출판시도서목록(CIP)은 서지정보유통지원시스템
홈페이지(http://seoji.nl.go.kr)와 국가자료공동목록시스템(http://www.nl.go.kr/kolisnet)에서
이용하실 수 있습니다. (CIP제어번호: CIP)